Die Mikaelsons

Der Anfang

G.C. Black

Dieser Titel ist auch als Ebook erschienen.

Verlag: Independently published

Umschlaggestaltung: Sascha Münchow
Einband-/Umschlagmotiv: Marius Schmidt &
Alex Fu auf pexels.com
Gesetzt aus der Palatino Linotype

Printed in Germany
ISBN 9798656016612

Für meine Familie

Familie

Ein mächtiger Begriff. Ein sehr großes Wort. Überall auf der Welt funktioniert das Familiendasein ein wenig anders, mit der Zeit hat sich das Konzept vollkommen verändert und doch bleibt es im Kern immer gleich. Es geht um den Zusammenhalt von Personen, ob nun blutsverwandt oder im Geiste. Auf die Familie kann man sich verlassen. Man kann sie lieben oder hassen, aber man bleibt immer mit ihr verbunden. Sie ist die erste Herausforderung die man im Leben überwinden muss und der Ort, an den man immer wieder zurückkehrt. Jeder in der Familie hat seine Aufgabe, jeder spielt eine Rolle und doch ist die Familie der einzige Ort, an den man voll und ganz man selbst sein kann. Egal wie weit die Familie verstreut ist, sie kommt am Ende doch immer wieder zusammen. Familien gab es schon immer und es wird sie auch immer geben. Dabei sind manche Familien außergewöhnlicher als andere. Manche Familiennamen kennt man auf der ganzen Welt, andere sind so oft vertreten, dass sie zu Allerweltsnamen geworden sind. Früher, in der Zeit, in der wir gelebt haben, war Familie etwas Heiliges.

Für uns bedeutet die Familie alles, obwohl wir die schlimmste Familie der Geschichte sind …

DU

Heute ist dein erster Tag auf dem College von Oak Barrow, die Fakultät ist für ihr ausgezeichnetes Okkultismusstudium bekannt. Deine Eltern hätten natürlich gerne gesehen, dass du etwas sinnvolleres studierst, doch schon seit deiner Kindheit begeisterst du dich für alles Übernatürliche und Oak Barrow ist der perfekte Ort, um dieser Leidenschaft nach zu gehen. Um die Kleinstadt ranken sich schon seit ihrer Gründung alle möglichen Geschichten. Hier soll es Vampire und Werwölfe geben und vermutlich spuckt es in so gut wie jedem Haus. Die meisten in deinem Wohnhaus kommen allerdings nicht von hier und scheinen nichts von diesen Geschichten zu wissen oder sich nicht dafür zu interessieren. Die wenigen, die von hier kommen hingegen, schienen die Geschichten so gut zu kennen, dass sie ihnen bereits aus dem Hals heraus hängen. Du bist allerdings zuversichtlich, dass du schon noch warm mit den Einheimischen wirst und sie dir vielleicht Insiderwissen vermitteln können. Einige der Familien leben schließlich schon seit der Gründung hier und du bist dir sicher, dass gerade diese Familie bestimmt alles über die kleine Stadt wissen. Und tatsächlich hast du am Abend vor dem ersten Unterricht Glück. Bei einer der vielen Studentenparties schlägt einer der Jungs vor das Anwesen der Mikaelsons zu besuchen. Aus den Erzählungen weißt du, dass die Mikaelsons eine der Gründerfamilien sind von denen heute aber keiner mehr hier lebt. Schnell wird klar, dass das bei den Einheimischen eine Art Mutprobe ist, die sie normalerweise schon zu Highschool Zeiten absolvieren. Voller Begeisterung stimmst du zu und nur wenige Minuten später sitzen gut ein Dutzend Leute und du in ihren Autos. Es geht durch das Dorf, in dem zu so später Stunde kaum noch etwas los ist, in den Teil der Stadt in dem die ältesten Häuser stehen. Ganz am anderen Ende der Stadt geht es eine schier endlose Einfahrt hinauf. "Wie lange steht das Haus schon leer?", fragst du neugierig nach und versuchst mehr vom Gelände zu erkennen, doch die Dunkelheit verschlingt die Schönheit des Anwesens. "Keine Ahnung, schon ewig eben", meint der Typ, der die Tour vorgeschlagen hat. Als ihr um eine Kurve fahrt kannst du endlich das große Herrenhaus sehen. Am Baustil lässt sich erkennen, wie alt es ist und doch wirkte es so, als ob hinter den Fenstern immer noch jemand lebt. Nur zögerlich steigst du deswegen aus und folgst den anderen zu dem alten Gebäude. Fast erwartest du, dass ein alter Herr vor die Tür tritt und euch verscheucht, doch es bleibt ruhig. "Wir werden durch eines der Fenster einsteigen", erklärt jemand weiter vorne leise. "Ihr wollt das Haus doch nicht beschädigen?", fragst du verwundert. Auch wenn du natürlich wissen willst, wie es im Inneren wohl aussieht, widerstrebt es dir irgendwie, einen solchen Schaden an zu richten. Doch niemand reagiert auf deine Worte, stattdessen haben sich einige bereits abgespalten und sind vorgeprescht. Einer der Jungs steigt durch ein Fenster ein, das anscheinend nicht richtig verschlossen war. Wenige Augenblicke später öffnet sich auch schon die große Eingangstür. Du wirfst noch einmal einen Blick über die Schulter. Eigentlich hast du keine Lust, schon in deiner ersten Woche am College auf der Polizeiwache zu landen, doch das Haus liegt so weit abgelegen, dass vermutlich niemand eure Aktion bemerkt. Als letzter überwindest du dich deswegen doch und folgst deinen neuen Freunden nach drinnen. Sofort fängt die kleine Gruppe an, nach Alkohol zu suchen und eine kleine Feier in der Eingangshalle zu veranstalten, doch dieses Mal hast du kein Interesse daran.

Du interessierst dich viel mehr für die Bilder, die den Flur säumen. Du hast bedeutende Persönlichkeiten erwartet, doch die dargestellten Männer und Frauen sind dir vollkommen fremd. Bilder von den früheren Bewohnern scheint es, zu deinem bedauern, nicht zu geben. Dein Interesse gilt den antiken Möbeln, die alle in einem ausgezeichneten Zustand sind, und natürlich interessierst du dich für den Aufbau des Gebäudes. "Komm, wir gehen in den Keller, die haben da einen riesigen Alkoholvorrat", spricht eines der Mädchen dich an und klopft dir auf die Schulter, damit du ihr folgst. Um nicht als Außenseiter wahrgenommen zu werden kommst du der Aufforderung nach und folgst den anderen nach unten. Die Dunkelheit vertreibt ihr mit der Taschenlampenfunktion eurer Handys und dennoch läuft dir ein Schauer über den Rücken. Allerdings findest du dieses Gefühl nicht unangenehm. Dir gefallen alte Gemäuer. Der Reiz des Unbekannten. Die ganzen Geschichten, die dir die Wände erzählen könnten. Nur der Wein, und der andere Alkohol, interessiert dich nicht. Lieber suchst du nach Hinweisen die dir verraten, was hier wohl alles schon geschehen ist. Auch unten trennst du dich deswegen von der kleinen Gruppe. Die Gänge hier unten scheinen schier unendlich. Nach nur wenigen Ecken wird dir klar, dass vermutlich nicht nur das Gebäude, sondern auch ein Teil des Grundstückes unterkellert ist. Neugierig wie du bist, entfernst du dich immer weiter von den anderen, bis du ihre Stimmen kaum noch hören kannst. Die meisten Räume sind jedoch verschlossen und die wenigen die du öffnen kannst, sind quasi leer. Gerade als du beschließt, doch zurückzugehen, kannst du einen Luftzug spüren. Du weißt das früher manche ihre Keller so gebaut haben, dass sie an einer anderen Stelle wieder an die Oberfläche führen, doch als du dem Luftzug weiter folgst, landest du in einer Sackgasse. Das ist der Zeitpunkt, an dem jeder andere sicherlich aufgegeben hätte und zurückgegangen wäre, doch du bist so nicht. Du hast Blut geleckt und nun, da deine Neugierde geweckt ist, willst du auch wissen, woher der Luftzug kommt. Mit deinem Handy beleuchtest du die Wand und stellst fest, dass sie nicht aus demselben Stein besteht wie der Rest der Mauern um dich herum. Sie muss nachträglich eingesetzt worden sein. Mit all deiner Kraft drückst du gegen den Stein und tatsächlich bewegt sich einer der roten Ziegel. Vorsichtig hebst du ihn heraus. Du versuchst mit dem wenigen Licht, dass dir zur Verfügung steht, den Hohlraum dahinter zu beleuchten, doch er ist zu groß. Also nimmst du weitere Steine heraus, bis das Loch schließlich so groß ist, dass du dich hindurch quetschen kannst. Dahinter befindet sich ein recht großer Raum. Vorsichtig tastest du dich an der Wand entlang und erschrickst fast zu Tode, als du am Ende der Wand auf einen Körper stößt. Für den Bruchteil einer Sekunde befürchtest du, dass du auf einen Leichnam gestoßen bist, doch schnell wird dir klar, dass es sich um eine Steinstatue in einer Nische handelt. Sie stellt eine männliche Person dar. Der Mann ist groß, hat kurze Haare und ein markantes Gesicht. Dahinter liegt eine weitere Person, ebenfalls ein Mann, mit voluminösen, dichtem Haar. Er trägt zu deiner Überraschung einen Anzug. Danach folgt ein Pärchen. Ein Ehepaar wie du vermutest, beide sind korpulent und haben lange Haare. Als wollten sie sich selbst im Tod nicht trennen halten sie Händchen. Auf dem Brustkorb der Frau ist zusätzlich eine Katze abgebildet, die sich auf ihr eingerollt hat. Sie ist riesig und bedeckt den gesamten Oberkörper der Frau. An der dritten Wand liegen ebenfalls zwei Personen hintereinander. Noch ein Mann, der deutlich jünger ist als die beiden anderen. Er ist wohl der jüngste der Brüder, denn ihre Verwandtschaft ist nicht von der Hand zu weisen.

Die letzte Statue bildet eine Frau ab, jung und mit glatten, langen Haaren liegt sie vor dir. Aus der offensichtlichen Ähnlichkeit schlussfolgerst du, dass du in einer Art Familiengruft gelandet bist. Das Paar an der Stirnseite ist dabei besonders interessant. Eine solche Darstellung hast du noch nie zuvor gesehen und auch der Stein, aus dem die Figuren bestehen, ist dir unbekannt. Sie wirken unglaublich realistisch, fast erwartest du, dass sie gleich anfangen zu atmen. Um noch mehr über diesen geheimnisvollen Ort heraus zu finden suchst du nach einem Schriftzug. Irgendwo hier muss im Stein stehen, um wen es sich bei diesen Personen handelt. Aber du kannst nichts finden, vielleicht suchst du auch an der falschen Stelle. Um nichts unversucht zu lassen, beugst du dich über die Statue und zuckst zusammen. Der Stein fühlt sich merkwürdig an. Oder spielen deine Sinne dir einen Streich? Wie hypnotisiert streckst du die Hand aus, um die Frau anzufassen. Mitten in der Bewegung wirst du gestoppt. Deine Fingerspitzen schweben nur Millimeter über dem Gesicht der Fremden. Zur Salzsäule erstarrt blickst du auf dein Handgelenk. Es wird festgehalten von der Statue, die vor dir liegt. Noch bevor du realisiert hast, was hier vor sich geht, regt sich die Person unter dir.

Spitze Zähne durchbohren die Haut an deinem Handgelenk. Du kannst spüren, wie das Blut aus deinen Adern gesaugt wird. Genauso schnell wie die Situation zustande gekommen ist, so schnell löst sie sich auch wieder auf. Du stolperst nach hinten. Schmerzhaft landest du mit dem Steißbein auf dem harten Boden. Dein Handy rutscht dir aus der Hand und schlägt ebenfalls auf dem Boden auf. Dunkelheit umgibt dich.

"Eldr", hallt es in einer dir fremden Sprache durch den dunklen Raum. Du traust dich nicht, dich zu rühren oder gar zu atmen, während sich die Fackeln an den Wänden wie von selbst entzünden. Obwohl in dem flackernden Licht der Raum nun gut zu erkennen ist, kannst du immer noch nicht glauben, was du siehst. Die Frau, von der du geglaubt hast, sie wäre eine Steinfigur, hat sich erhoben. Die Katze, die eben noch auf ihrer Brust gelegen hat, läuft schnurrend auf dich zu. Du zuckst zusammen, als sie sich mit ihrem weichen Fell gegen dich drückt. Ungläubig beobachtest du das Tier, dabei fällt dir dein blutiges Handgelenk auf. Langsam hebst du es an, um es genauer zu betrachten. Ganz deutlich kannst du die Zahnabdrücke von zwei spitzen Eckzähne erkennen. "Du bist ein Vampir", murmelst du ganz leise mehr zu dir selbst als zu jemand anderen. Ein leichtes Lachen erinnert dich daran, dass du nicht alleine bist. Innerhalb von wenigen Sekunden hast du dich aufgerichtet und machst einen Satz zurück. "Bleib stehen", befielt die Frau vor dir mit mahnender Stimme. Alles in dir schreit nach Flucht. Du traust dich zwar eigentlich nicht, der Vampirin den Rücken zu zudrehen, doch willst du wenigstens rückwärts weglaufen. Allerdings reagieren deine Glieder nicht. Du bekommst deinen Fuß nicht einmal ein wenig angehoben. Wie in deinem eigenen Körper gefangen bleibt dir nichts anderes übrig als stehen zu bleiben. "Was soll das?", fragst du nach. "Wenn du mich töten willst, tu es einfach", fügst du schnippisch hinzu. Niemals würdest du ihr den Gefallen tun und um dein Leben betteln. Und trotzdem hoffst du, dass es wenigstens schnell geht. Doch nichts dergleichen geschieht. "Onyxia mag dich", ist stattdessen alles, was du als Antwort bekommst. Allerdings verstehst du nicht ganz, was die Frau gesagt hat. "Meine Katze", fügte die Frau hinzu und deutete auf deine Beine. Die schwarze Katze räkelte sich schnurrend an deinen Beinen. "Willst du mich verarschen?", fragst du wütend. Die Katze rettete dir gerade das Leben? Nein, das konnte nicht sein. "Wir werden sehen", ist alles, was die Vampirin sagt, während sie auf die anderen Statuen zu geht. Langsam dämmert dir, dass es sich bei diesen Gestalten auch um Vampire handeln muss. "Wer bist du?", fragst du also weiter. Nun wo dein Fluchtinstinkt langsam hinunter kocht, ergreift die Neugierde wieder von dir besitzt. "Und was macht ihr hier?", fragst du weiter. "Ich mein was soll das?", wirfst du noch ein. "Ich kann dir gerne alles erzählen, ich hoffe, du hast Zeit mitgebracht", meint die Frau dir gegenüber, während sie langsam über den Stein streicht. Diese Geste wiederholt sie bei all den anderen Personen. Danach setzt sie sich in ihre Nische und strich ihre Kleidung glatt. "Ich bin Gyda", stellt die Frau sich schließlich vor. "Das hier ist meine Familie, alles begann vor über tausend Jahren …

Das Jahr 799 war für unsere Familie ein ganz besonderes Jahr, denn in diesem Sommer fand ein großes Fest statt. Alle neun Jahre feierte man bei uns in Norwegen ein großes Fest zu Ehren von Odin, dem Allvater, dem Gott der Götter. Denn wie jeder Wikinger hofften wir einst, in seinen Hallen speisen zu dürfen und neben ihm in die Schlacht zu ziehen. Walhalla war das Ziel eines jeden Kriegers. Und wer Odin nicht dafür verehrte der verehrte ihn für sein Wissen. Sogar ein Auge opferte der Gott, um mehr Wissen zu erlangen. Das Blót das zu seinen Ehren ausgerichtet wurde, sollte uns daran erinnern, welche Opfer Odin dargebracht hat. Neun Tage und neun Nächte erhängte er sich, als sein eigenes Opfer, am Weltenbaum mit einem Speer im Herzen. Als er schließlich herunterfiel, hatte er neun magische Gesänge und 18 Runen gelernt."

"Er hat sich selbst geopfert?", fragst du neugierig nach.

"Ja, denn es gibt niemanden Höheren, den er sich hätte Opfern können. Er als höchster Gott von allen war der Einzige, dem er sich opfern konnte, um noch mehr zu lernen. Und so opfern wir uns für Odin in der Hoffnung ebenfalls Wissen zu erlangen und seiner würdig zu sein."

"Ihr habt euch ja wohl nicht erhangen, oder seid ihr so zu Vampiren geworden?", meinst du spöttisch. Gyda schnalzte mit der Zunge. "Willst du mich jetzt die ganze Zeit unterbrechen, oder willst du die Geschichte hören?", fragt sie nach.

"Ich will die Geschichte hören", äußerst du dich zögerlich.

"Gut, also weiter, das Sommer-Blót 799 am 14. April ..."

GYDA

Der Sommeranfang war unglaublich warm, die Luft stand stickig zwischen den Bäumen unser heiligen Stätte und über dem Moor brummten die Libellen. Die Anwesenden waren nur in dünne Leinenkleider gewandet, manche hatten sie sogar komplett abgelegt und liefen umher, wie Gott sie erschaffen hatte. Hunderte waren gekommen, um dem Fest bei zu wohnen, die wenigen Langhütten waren zum bersten gefüllt. Und vor den Häusern hatten die restlichen ihr Lager aufgeschlagen. Überall brannten kleine Lagerfeuer. Die Leute saßen in Gruppen zusammen. Sie trafen Freunde, die sie schon lang nicht mehr gesehen hatten. Sie erzählten sich, was in letzter Zeit so alles passiert war. Wie die letzten Beutezüge abgelaufen waren. Wer nicht alles, was geplündert hatte. Liebende trafen sich und verbrachten gemeinsame Stunden. Die Stimmung war ausgelassen. Ein solch warmer Sommer würde bedeuten, dass es eine erfolgreiche Ernte geben würde. Und die Überfahrt mit den Schiffen würde erfolgreicher werden als die Jahre davor. Dabei konnte man an manchen Lagerfeuern eine ganz besondere Geschichte hören. Leif, Gydas Vater, war weit gen Westen gereist. Er und seine Männer hatten ein Land gefunden, in dem sie noch nie gewesen waren. Dieses Land war weit entfernt, noch weiter entfernt als Britannien. Man musste sehr kalte Gegenden durchqueren und heimtückische Strömungen überwinden. In diesem Land lebten nur sehr wenige Menschen. Sie hatten dunklere Haut als die Wikinger und schwarze Haare. Ihre Götter schienen merkwürdig zu sein. Aber sicher waren die Männer sich nicht, denn sie verstanden nicht, was die Fremden ihnen mitteilen wollten. Kämpfer waren sie gewesen. Obwohl es nur eine sehr kleine Siedlung gewesen war die Leif und die anderen gefunden hatten, hatten die Männer sich tapfer gewehrt. Doch trotz der würdigen Gegner hatten die Wikinger gewonnen und einige der Bewohner mitgebracht. Die Sklaven sollten eigentlich arbeiten und ihren Frauen helfen, wenn sie wieder loszogen, doch sie waren sehr widerspenstig. Einige von ihnen hatten versucht zu flüchten, obwohl sie keine Chance hatten zu entkommen. Der Rest hatte sich gegen sie gestellt. Anscheinend hatten sie viel mit ihnen gemeinsam, sie wollten lieber sterben als sich zu unterwerfen und ein armseliges Leben zu leben. So hatte dieser

Stamm ihre Anerkennung gewonnen, doch ihre Freiheit würde man ihnen nicht schenken. Die meisten waren gestorben, da sie sich gegen ihren Herrn gestellt hatten. Nur zwei hatte man leben lassen. Gefesselt hockten sie in einem der provisorischen Ställe, von denen es insgesamt neun gab. In jedem der Ställe waren je neun einer Art untergebracht, die geopfert wurden. Es gab Pferde, Ziegen, Hühner, Eber, Geißböcke, Fische, Ochsen, Widder und Menschen. Noch waren sie aber nicht tot. Das Fest hatte gerade erst angefangen und die Opfer würden erst am siebten Tag erbrachten werden. Solange mussten sie dort ausharren, während um sie herum wild gefeiert wurde. Von Tag zu Tag wurde die Musik lauter, die Stimmung ausgelassener, das Gegröle unverständlicher. Während am ersten Tag noch alle damit verbracht hatten sich ein zu finden und sich zu organisieren, begann bereits die erste Nacht aus dem Ruder zu laufen. Der Met floss in Strömen. Wem das Trinken nicht reichte, der nahm eine Handvoll Pilze. Sie hatten eine wahrlich berauschende Wirkung. Wenn man sie aß, wurde einem wohlig warm und auf einmal waren alle Anwesenden deine Freunde, noch mehr als sie es ohnehin schon waren. So reicherte sich die warme Sommerluft schnell mit dem Geruch von Sex und Essen an. Bereits am zweiten Tag waren die Feiernden eine einheitliche Masse. Egal wo man hinging, man traf immer dieselben Personen. Und egal, was man wollte, man konnte alles haben.

Wie immer bei solchen Feierlichkeiten fühlte Gyda sich ein wenig unwohl, obwohl sie viele der Anwesenden kannte. Ihr Vater und ihre Mutter, Saga, saßen zusammen am Feuer, er hatte ihr den Arm um die Schulter gelegt. Neben ihnen saßen die Schwestern ihrer Mutter, Alva und Edda. Letztere hatte ihren Mann dabei, Mikael. Ihre beiden Tanten hatten ihre Kinder mitgebracht die für Gyda, wie ihre eigenen Geschwister waren. Ihre Schwester musste hier ebenfalls irgendwo zu finden sein. Und doch hatte Gyda keine Lust sich unter die Leute zu mischen. Ihr war viel zu warm, Schweiß lief ihr am Hals herunter. Es war unglaublich laut, sie konnte kaum einen klaren Gedanken fassen und der Geruch von Rauch, gemischt mit diversen Kräutern raubte ihr den Atem. Sie verstand nicht, warum alle so begeistert davon waren Essen und Trinken in sich hinein zu stopfen, bis sie nicht mehr konnten. Und dann mit einem Wildfremden zwischen Fellen zu landen. Sie wollte nicht, wie alle anderen, die Hälfte der Feier vergessen und irgendwie fürchtete sie sich davor die Kontrolle zu verlieren und etwas Dummes an zu stellen. Sicher, es gab hier einige nette Männer in ihrem Alter, die sich sicherlich gerne mit ihr amüsieren würden, doch sie wollte niemanden mit einer anderen Frau teilen müssen und sie wollte auch nicht, dass ihr einige der älteren Männer bei ihrem Vergnügen zu sahen. Manch anderer aus ihrer Familie hatte damit nicht so viele Probleme. Niklaus, Rebekah und Erik, schienen überhaupt keine Hemmungen zu haben. Gyda hatte sie bereits mit diversen anderen Leuten in den verschiedensten Ecken gesehen. Elijah, Eddas ältester Sohn, war da ganz anders. Er hatte bereits eine Frau und eine Tochter. Sie hatten sich ein wenig zurückgezogen, um Zeit zusammen zu verbringen. Wo der Rest der Familie war, war stets schwer zu sagen. Valdis, ihre kleine Schwester spielte vermutlich ganz unschuldig mit den anderen Kindern. Obwohl sie damit mit vierzehn langsam zu alt wurde. Freya und Kol trieben sich ganz sicher ebenfalls hier herum. Nur Gyda fühlte sich, als wäre sie ein überflüssiges Teilchen, das nicht ganz in das bereits fertige Puzzle passen wollte. Sie hielt sich am Rand und beobachtete, mehr als das sie teilnahm. "Ich weiß ganz genau, was du siehst, kleines Mädchen." Gyda zuckte vor Schreck zusammen. Sie drehte sich um und erstarrte zur Salzsäule. Ein Kloß in ihrem Hals sorgte dafür, dass sie keinen Ton heraus bekam. Mit großen Augen sah sie den obersten Priester an, der im Schatten der Bäume direkt vor ihr stand. Sie hatte nicht gehört, wie er hierher gekommen war, und er hatte hier eigentlich auch gar nichts zu suchen. Die Priester waren eigentlich mit den Vorbereitungen der Zeremonie beschäftigt.

"Wie bitte?", kam es nun doch krächzend aus ihrer Kehle. Am liebsten hätte sie einen großen Schritt zurück gemacht, doch das wäre respektlos und eine Beleidigung. Doch der oberste Priester war eine gruselige Person. Niemand wusste, wie alt er war, denn alle waren sich sicher, dass er lange vor ihnen schon hier lebte. Er hatte faltige Haut, in die jede Menge alter Runen ein tätowiert waren. Seine Augen hatte er schon lange verloren, die Lieder waren zugewachsen. Das änderte jedoch nichts daran, dass er in der Lage war zu sehen. Im Gegenteil, er hatte sein Augenlicht aufgegeben, um die Fähigkeit des wahren Sehens zu erlangen. Er konnte die Zukunft sehen und das Schicksal der Menschen. Viele von ihnen suchten ihn auf, um nach einem Rat zu fragen. Gyda jedoch hatte es noch nie nach dem Rat eines Priester verlangt. Sie wollte nicht wissen, wie ihr Schicksal lautete. Vielleicht weil sie ein wenig Angst hatte, vor allem aber weil sie wusste, dass man sich auch zu sehr mit seiner Zukunft beschäftigen konnte. Dass der oberste Priester sie nun von sich aus aufgesucht hatte, war in ihren Augen kein gutes Zeichen.

"Du siehst andere Dinge als die anderen, kleines Mädchen", während er sprach, nahm er sie bei den Schultern und drehte sie wieder in Richtung der Lagerfeuer. Dabei kam er ihr so nah, dass sie seinen Atem in ihrem Nacken spüren konnte. Ihr Herz schlug ihr bis zum Hals. Eine Krähe krächzte in der Ferne. Für einen Augenblick war es so, als würde die Zeit still stehen. Nur die langen Fingernägel des obersten Priesters gruben sich langsam in ihre Schultern.

"Die Schicksalsweberinnen sandten mir deine Geschichte im Traum, kleine Zauberwirkerin", raunte er ihr ins Ohr, darauf folgte ein gackerndes Kichern und dann war es vorbei. Als würde das Meer über ihren Kopf zusammenschlagen, prasselten alle Sinneseindrücke wieder auf sie nieder. Wieder drehte Gyda sich um, doch der Priester war weg, als hätte der Waldboden sich aufgetan und ihn verschluckt. Sie sah sich um, doch niemand schien bemerkt zu haben, was gerade eben vorgefallen war.

Im Kopf ging Gyda noch einmal, durch was der oberste Priester zu ihr gesagt hatte. Die Schicksalsweberinnen waren die drei Nornen, göttliche Wesen die die Zukunft der Menschen und Götter spannen. Von ihnen erfuhren die Priester die Antworten auf all ihre Fragen und somit auf alle Fragen derjenigen, die zu ihnen kamen und nach Hilfe suchten. Oft waren die Worte mehr als kryptisch, so war es jedem möglich herauszuhören, was auch immer er wollte und doch konnte man sein Schicksal angeblich nicht ändern. Gyda fragte sich jedoch, warum der oberste Priester nach solch einem Traum zu ihr gekommen war. Normalerweise warteten die Priester darauf, dass die Menschen zu ihnen kamen, denn so gut wie jeder wollte wissen, was sein Schicksal bereit hielt.

Immer noch in Gedanken versunken blickte sie zu ihrer Mutter herüber. Der Priester hatte sie Zauberwirkerin genannt, doch im Gegensatz zu ihrer Mutter und deren Schwestern konnte sie kein Fünkchen Magie wirken. Oft hatte sie es versucht, sie war sogar zu ihrer Tante Alva gegangen, die wahrlich die beste der drei war, doch diese hatte ihr mitteilen müssen, dass sie wohl niemals Zaubern können würde. Alvas Kinder, Freya und Erik, hingegen, waren außerordentlich begabt. Valdis zeigte auch die ersten Anzeichen einer begnadeten Magierin. Eddas Kindern hingegen war Magie wirken verboten. Mikael hegte solch eine Abneigung, dass seine Frau sich dem Verbot fügte. Und das, obwohl Magie schon immer Teil ihrer Familie war. Gydas Großeltern waren beide magiebegabt. Von ihnen stammten alle Zauber, über die die Familie verfügte, festgehalten in einem alten Buch das in Alvas Besitz war. Nur Kol widersetzte sich heimlich den Anweisungen seiner Eltern, Magie nicht zu praktizieren. Vielleicht sollte sie mit einem von ihnen über die Worte des Sehers reden, oder sie sollte alle nacheinander um Rat bitten. Doch das Fest hatte gerade erst angefangen und die Stimmung würde sicherlich einen Dämpfer bekommen, wenn sie nun mit Problemen auftauchte. Das Fest war der Beginn des neuen Jahres und niemand wollte dies mit schlechten Neuigkeiten beginnen. Gyda entschied sich deshalb dagegen. Sie würde schon alleine zurechtkommen. Zielstrebig und mit zügigen Schritten ging sie auf den kleinen Tempel zu, in dem die Götzen ihrer Götter standen. Die Nornen hatten nach ihr rufen lassen, nun war es an der Zeit die Götter um Beistand zu bitten, denn auch darum ging es bei diesem Fest.

NIKLAUS

Endlich war es soweit, der Höhepunkt der Feierlichkeiten war gekommen. Die Priester würden nun in einem aufwendigen Ritual erst die Tiere und dann die Menschen, Odin zum Opfer darlegen. Oder besser gesagt auf hängen, zumindest die Tiere. Sie wurden an den stärksten Bäumen, an einem Ast hochgezogen, sodass sie über den Köpfen der Anwesenden baumelten und dort ausbluteten. Sowohl die gebannte Menge, als auch der Boden wurden so mit Blut benetzt. Sobald alle Tiere ihren Platz eingenommen hatten, wurden die Menschenopfer nach vorne geführt. Trommelschläge begleiteten jeden ihrer Schritte. Klaus zog die Frau in seinem Arm dichter an sich. Er hatte sie hier auf dem Fest kennengelernt. Ihr Name war Smilla. Seiner Familie hatte er seine neue Bekanntschaft nicht vorgestellt. Nach diesen neun Tagen würden sie sich ohnehin nie wieder sehen.

Das Knistern in der Luft und die aufgeladene Stimmung unter den Anwesenden, von denen es niemand wagte zu sprechen, lag spürbar in der Luft und führte bei seiner Begleiterin wohl dazu, dass ihr der Sinn nach anderen Dingen stand. Klaus aber wollte nicht gehen. Seine Familie stand um ihn herum um gemeinsam mit ihm dem Opfer-Ritual bei zu wohnen und er wusste wie wichtig ihnen und vor allem seiner Mutter, diese Tradition war. Während sie sich von ihm löste, sah er dabei zu, wie den neun Menschen die Hände auf den Rücken gefesselten wurden. Die meisten sahen betreten zu Boden und hoben auch den Blick nicht, als ihnen etwas Met eingeflößt wurde, nur eine Gefangene war anders. Sie stach schon durch ihre dunklere Haut und ihre schwarzen Haare aus der Menge heraus, doch ihr Blick machte ihre Erscheinung einzigartig. In ihren Augen konnte man deutlich den Willen zu Kämpfen erkennen. Mitleid empfand er keines für die Frau, aber ihr Blick war so fesselnd, dass er sich nicht davon lösen konnte, vor allem da er das Gefühl hatte, direkt von ihr angesehen zu werden. Erst als die exotische Schönheit Richtung Moor gedreht wurde, gab sie ihn frei.

Der Rhythmus der Trommeln wurde schneller. Die Hunde wurden bereit gemacht. Erst wurden die Menschen losgelassen, die wenigstens von ihnen liefen sofort los. Der Ausweg aus dem Wald schien so nah, doch dahinter würde das Moor auf sie warten. Eine karge Landschaft, in der es keine

Überlebenschancen gab. Die meisten waren deswegen unsicher und wollten sich nicht wirklich vorwärts bewegen. Nur die willensstarke Exotin schritt voran, als hätte sie diesen Weg selbst gewählt. Sobald alle den Waldrand erreicht hatten, wurden die Hunde hinterher geschickt. Wie eine eingespielte Jagdgemeinschaft stürmten sie vorwärts, um die Opfer zusammen zu treiben, immer tiefer in die todbringende Landschaft. Die Fremde aus dem fernen Land tat es den anderen aber nicht sehr lange gleich. Nachdem sie sich einen Vorsprung erkämpft hatte, blieb sie mitten auf der offenen Fläche stehen. Da der Vollmond hoch am Himmel stand, konnte man ihre Silhouette gut erkennen. Aufrecht stand sie da, das Gesicht den anwesenden Nordmännern zugewandt. Unter ihnen herrschte Totenstille, selbst das Atmen schienen sie eingestellt zu haben. Die anwesenden Priester wirkten ein wenig unruhig, ein solches Verhalten hatte noch nie eines ihrer Opfer dargelegt. Selbst die Trommeln verstummten. Als hätte sie genau auf diesen Moment gewartet öffnete die Fremdländerin den Mund. Verse in einer fremden Sprache kamen über ihre Lippen. Obwohl niemand verstand, was die Frau sagte, war die Bedeutung doch allen klar. Ihre Worte klangen zornig, anscheinend wurden böse Worte über sie verloren. Nach nur wenige Augenblicken hatten die Wolfshunde die Frau erreicht, doch auch wenn die Tiere sich auf sie stürzten und sie in die Knie zwangen, sprach sie scheinbar unbeirrt weiter. Klaus Blick wanderte nach rechts zu seiner Mutter, die aschfahl im Gesicht war und sich an ihren Mann krallte. Danach blickte er zu seinen Tanten, sie schienen ebenfalls besorgt. Der Rest der Anwesenden wirkte verunsichert. Die Frauen hatten Angst, einige der Männer machten einen Schritt vorwärts, als wollten sie dem selbst ein Ende bereiten, doch niemand wagte es sich ohne die Erlaubnis der Priester zu bewegen. Die Verse der Frau wurden unterdessen lauter, hektischer, als wolle sie etwas beenden, bevor die Hunde sie zerrissen. Schmerzenslaute verließen immer wieder ihren Mund. Die Wolfshunde und der Frauenkörper waren nicht mehr, als ein Knäuel, das sich am Boden wandt. Langsam wurden die Anwesenden unruhig. Es konnte kein gutes Zeichen sein, was auch immer da gerade vor ihnen geschah. Getuschel machte sich breit. Dann kehrte wieder Stille ein. Die fremde Zauberin war tot. Zumindest war nichts mehr von ihr zu hören und die Meute machten sich auf zu ihrem nächsten Opfer. Die Menge unterdessen fürchtete sich ganz offensichtlich. Klaus konnte spüren, wie seine Familie hinter ihm ein wenig dichter zusammen rückte.

Erst jetzt wandten sich die Priester, die die ganze Zeit vorher wie versteinert da gestanden hatten, um. “Odin hat unser Opfer akzeptiert, kommt und erhaltet die Gunst der Götter.” Zögerlich regten sich die meisten und traten in einer Reihe vor den obersten Priester. Jedem wurde ein wenig Blut ins Gesicht gespritzt, dies sollte Glück bringen. Die meisten schienen danach erleichtert zu sein und die Feierstimmung kehrte zurück. Doch einige wenige blieben skeptisch, Klaus konnte das in ihren Gesichtern sehen. Er selbst fürchtete sich nicht. Warmes Blut benetzte sein Gesicht, während er mit den Gedanken schon wieder bei Smilla war.

ELIJAH

"Was war das gerade?" Die Stimme seiner Tochter drang nur langsam zu ihm durch, erst als sie an seinem Ärmel zog, wandte Elijah den Blick vom Geschehen ab und sah Solveig einen Augenblick lang in die fragenden Augen. "Ich weiß leider auch nicht was sie gesagt hat", antwortete er schließlich und nahm sie auf den Arm. In einer fließenden Bewegung drehte er sich um und warf seiner Frau, Ingrid, einen besorgten Blick zu. Er mochte diese grausame Art des Blutvergießens nicht, doch es war Tradition und deswegen respektierte Elijah, was heute geschehen war. Mehr noch als sonst hinterließ es jedoch einen bitteren Nachgeschmack auf der Zunge. "Die anderen haben nichts gesagt. War die Frau böse auf uns?" Elijah wusste nicht ganz, was er darauf antworten sollte. Er wollte seine Tochter nicht anlügen, aber Angst machen wollte er ihr auch nicht. "Es ist eine große Ehre für Odin geopfert zu werden. Ich bin mir sicher, ihre letzten Worte waren an ihn gerichtet", rettete seine Frau ihn. Sie strich Solveig eine Haarsträhne aus dem Gesicht. "Geh doch noch etwas mit deinen

Freunden spielen", schlug sie vor. Mittlerweile waren sie an ihrem kleinen Lager angekommen. Es lag ein wenig abgelegen, sodass sie ihre Ruhe hatten. Einige Familien handhabten das so und doch hatte Elijah das Gefühl, gerade jetzt bei seiner Familie sein zu sollen. Dieses Gefühl verstärkte sich als seine Tochter von ihm herunter glitt und zwischen den Bäumen verschwand. Für den Rest der Feierlichkeiten würden sie Solveig wohl nur noch selten zu Gesicht bekommen. Gerade als er sich dazu äußern wollte, schob sich das Gesicht seiner Frau vor sein eigenes. Ihre sanften Hände strichen ihm links und rechts über die Wangen und rahmten so sein Gesicht ein. Normalerweise war dies der Moment, in dem seine Frau beruhigende Worte zu ihm sprach, doch er konnte die Sorge von ihren Augen ablesen. Als er selbst etwas sagen wollte, legte sie ihm einen Finger auf die Lippen und brachte ihm zum Schweigen. Ganz sanft hauchte sie Elijah einen Kuss auf die Lippen, dann zog sie ihn mit sich zum Lagerfeuer. Ganz dicht an dicht nahmen sie platz. Als Ingrid anfing zu sprechen, sah sie ihm nicht mehr in die Augen, sondern an ihm vorbei in die Ferne, als würde sie in Erinnerungen schwelgen. Elijahs Herz raste vor Beunruhigung. Er wünschte sich, seine Frau würde schneller mit der Sprache herausrücken, doch er wollte sie zu nichts drängen.

"Ich hatte einen schlimmen Traum letzte Nacht", fing sie schließlich doch an zu sprechen. Als sie Elijah ansah, standen ihr Tränen in den Augen, das brach ihm fast das Herz. Ganz vorsichtig strich er ihr nun über die Wange. "Erst wollte ich dir nichts sagen, aber jetzt…"

"Was ist in diesem Traum passiert?", fragte Elijah zögerlich nach. In den Träumen der Frauen steckte oft etwas Wahres. Ingrids Traum musste furchtbar gewesen sein so aufgelöst, wie sie war. "Da war ein Wolf in meinem Traum, er hat dich angefallen und du bist nicht nach Hause zurückgekommen. Bitte geh dieses Jahr nicht mit deinem Vater mit, bleib bei uns." Die letzten Worte kamen hastig über ihre Lippen. Ihre Stimme war zittrig, es musste ihr schwergefallen sein ihn, um diesen Gefallen zu bitten, genauso schwer fiel es ihm, ihre Bitte aus zu schlagen. Er legte einen Arm um ihre Hüfte und zog sie dicht an sich heran. "Ich kann nicht", meinte Elijah entschuldigend und gab ihr einen Kuss auf die Stirn. Dann ließ er ein wenig Platz zwischen ihnen, sodass er ihr wieder in die Augen schauen konnte. "Klaus wird dieses Jahr bei Mutter bleiben und wir können nicht auf noch einen Mann verzichten." Ohne ihn würden sie zu wenige sein, um das Schiff überhaupt navigieren zu können. "Dann tausch mit ihm", bat Ingrid und krallte sich noch ein wenig fester in ihn hinein. "Vater hat Klaus dies als Strafe auferlegt, weil er mit Leif und seinen Männern losziehen wollte", erklärte er ruhig. Einen Tausch würde sein Vater also niemals zu lassen so sehr sich Elijah das auch wünschte. Obwohl sie eine Familie waren, gab es nun einmal Unstimmigkeiten. Leif, ihr Onkel, zog jedes Jahr los, um zu plündern und neue Gebiete zu erschließen, während ihr Vater, Mikael, und sie jedes Jahr gen Osten fuhren, um zu handeln. An ihrem Hof hielten sie Schafe, aus denen sie Wolle sponnen, Fisch hatten sie jedes Jahr zu hauf. Der Handel lohnte sich, doch er war nicht so aufregend und spannend wie die Abenteuerfahrten von Leif. Doch ihr Vater wollte mit einem solchen Benehmen nichts zu tun haben. Seine Tante und sein Onkel machten sich oft lustig darüber, denn Mikael kam nicht von hier, sondern aus dem Osten, dort wo sie handel trieben. Er hatte sich nie ganz in diese Welt einfinden können und auch wenn er ein freier Mann war wie alle Wikinger, war er eben nicht an Beutezügen interessiert. Bei Elijahs Bruder Klaus sah das anders aus. "Mir wird nichts passieren.

Vielleicht steht der Wolf in deinem Traum für etwas ganz anderes", versuchte er Ingrid nun zu beruhigen. Sie würden keinen Ärger mit irgendwem anfangen und dort, wo sie hinfuhren, gab es auch keine Wölfe. Träume konnten manchmal schwierig zu deuten sein. "Vielleicht sollten wir mit einem der Priester reden", schlug Elijah vor. Die weisen Männer wussten stets einen Rat. Doch Ingrid schien davon nicht überzeugt zu sein. Sie zog sich zurück und wischte sich die Tränen aus dem Gesicht. "Nein, schon gut, vermutlich hast du Recht", sprach sie mit fester Stimme. Nun lächelte sie wieder, doch Elijah hatte das Gefühl, sie enttäuscht zu haben.

FREYA

Die Arme um den Oberkörper geschlungen folgte sie schweigend ihrer Mutter, Alva. Sie wusste nicht genau, was mit dieser los war. Sie wirkte angespannt und hatte ihr und Erik befohlen mit ihr mitzukommen. Freya war deswegen verunsichert. Ihr war bewusst, dass die Frau die sie zum Schluss ins Moor getrieben hatten, eine Hexe war und das sie versucht hatte irgendeinen Zauber zu wirken, aber es war nichts passiert. Sie nahm an, dass die Hexe eigentlich versucht hatte sich zu retten, doch der Zauber musste fehlgeschlagen sein. Jetzt war sie tot und somit keine Bedrohung mehr für sie und doch schien etwas nicht zu stimmen. Freya warf Erik einen fragenden Blick zu, doch dieser schien ebenfalls keine Ahnung zu haben, er zuckte lediglich mit den Schultern. Sie waren die ältesten Kindern in ihrer großen Familien. Durch ihre Mutter erfuhren sie oft Dinge, von denen ihre Cousins und Cousinen nichts wussten. Vielleicht würde also ein Thing abgehalten werden, um die Lage zu besprechen. Doch niemand außer ihnen machte sich auf den Weg zu den Langhäusern der Priester.

Dort angekommen schloss Alva die große Flügeltür hinter ihnen. Freya klammerte sich an ihren Oberarmen fest. Die Langhäuser waren ein mystischer Ort, der ihr immer schon Angst gemacht hatte. Es gab in der lange Holzhütte nur wenige schmale Fenster, sodass nur in der Abenddämmerung Licht hinein fiel. Die Schlitze waren so angeordnet, dass sie die drei großen Holzstatuen beschienen. In dieser Nacht erfüllte das Mondlicht diese Aufgabe und so konnte man die Abbilder von Odin, dem Allvater, ihrem obersten Gott; seinem Sohn Thor und seiner Frau Frigg gut erkennen. Spenden lagen zu ihren Füßen und man hatte bereits das von den Opfergaben aufgefangene Blut dort abgestellt. Es fühlte sich falsch an hier zu sein, denn Freya war sich sicher, dass sie nicht hier waren um ebenfalls ein Opfer darzubringen und die Götter um ihren Segen zu bitten. Freya sah von einer Statue zur anderen. Es schien, als hätten diese ein wachsames Auge auf alles, was sie taten. Sie bezweifelte, dass es wirklich so war, doch durch die Magie der Priester, die in der Luft lag, fühlte die junge Frau sich ertappt.

"Gebt mir eure Armreife", kam es bestimmt von Alva. Mit ausgestreckten Händen war sie vor ihren Kindern zum stehen gekommen. Freya kam der

Aufforderung nur zögerlich nach. Jeder freie Mann und jede freie Frau in ihrer Gemeinschaft erhielt einen Armreif, wenn er erwachsen wurde. Man schwor auf ihn seine Treue und falls man ein Versprechen gab, legte man dies ebenfalls auf seinem Armreif ab. Die meisten Wikinger würden sich lieber den Arm abschlagen lassen, als ihren Armreif wieder her zu geben. Sie war deshalb skeptisch, was ihre Mutter damit vorhatte. "Irgendetwas stimmt nicht, oder?" Erik sprach endlich die Frage aus, die ihr die ganze Zeit auf der Seele gebrannt hatte. Doch man konnte deutlich spüren, dass ihre Mutter lieber nicht auf die Frage eingehen wollte. Beschäftigt griff sie nach den Schmuckstücken und zog eine Schale voller Blut zu sich heran. Doch Erik ließ sich so leicht nicht abschütteln. "Ich habe zwar kein Wort verstanden, aber ich bin mir sicher, dass sie einen Zauber gesprochen hat", setzte er also nach. Als wäre es nichts Besonderes ließ er sich neben seiner Mutter zu Boden gleiten. Freya tat es ihm zögerlich gleich, dabei lauschte sie nach, draußen ob sich ihnen jemand näherte. Zu hören war jedoch nichts, außer der übliche Klang der Feiernden. Alva bediente sich auch noch an einigen Kräutern. Ein paar nahm sie dabei von den

Opferstätten, einige hatte sie selbst in einem kleinen Beutel dabei.

“Es war ein Fluch, den sie ausgesprochen hat”, sagte sie schließlich ernst. Erst jetzt nahm sie sich die Zeit, ihre Kinder an zu sehen. “Ich weiß nicht was für ein Fluch, aber ich bin mir sicher, dass er uns großes Leid bringen wird, und das will ich für euch nicht.” Die Worte ihrer Mutter klangen selbstsicher und bestimmt. Dennoch hatte Freya ein ungutes Gefühl. “Was ist mit den anderen?”, fragte sie. In ihrer Familie gab es viele Unterschiede. Während ihre Mutter sehr viel Wert auf Magie legte, war das bei ihren Tanten nicht so sehr der Fall. Im Haus von Mikael wurde keine Magie praktiziert. Dennoch kam Kol ab und zu zu ihnen um das ein oder andere auf zu schnappen. Früher einmal hatte sie ihn sogar bei einem kleinen Ritual erwischt, doch sie hatte geschwiegen. Bei ihrer anderen Tante, Saga und ihrem Onkel Leif war Magie nicht so verpönt, doch sie spielte auch keine wirkliche Rolle. Ihnen war eine gute Ausbildung im Kampf wesentlich wichtiger. Vielleicht weil sie mit keinem einzigen Sohn gesegnet worden waren. Doch so unterschiedlich die drei Familien sein mochten, so nah standen sie sich auch. Gemeinsam gehörte ihnen ein Hof am See außerhalb des

Dorfes. Dort lebten sie alle gemeinsam, obwohl einige von ihnen schon alt genug für eine eigene Familie waren. Sogar Elijah hatte es nicht weit geschafft. Sein Haus mit Ingrid stand direkt hinter dem Hof. Falls ihre Mutter also Recht haben sollte, und sie hatte immer Recht, dann sollten doch alle hier sein und nicht nur sie drei. "Ich werde später mit ihnen reden", versicherte Alva knapp. Freya öffnete den Mund, um weiter auf das Thema ein zu gehen, doch ihre Mutter hatte bereits begonnen das Ritual zu wirken und so verstummte sie. Nichts war gefährlicher, als bei einem Zauber zu stören, das hatte sie bereits früh lernen müssen.

Gemurmelte Worte der Macht kamen ihrer Mutter über die Lippen, während sie Runen aus Blut um ihre Armreife herum aufzeichnete. Obwohl es so still war, war es für Freya schwer, zu verstehen, worum es in dem Zauber ging, den ihre Mutter wirkte. Nur so viel hatte sie verstanden: Um ihren direkten Schutz ging es nicht, vermutlich weil sie dafür hätten wissen müssen, um welche Art von Fluch es sich handelte. Stattdessen würde ihr Armreif sie wohl darauf aufmerksam machen, falls der Fluch ausbrechen sollte. Der Gedanke daran bereitete Freya Panik. Egal wie sehr sie schon mit Magie zu tun gehabt hatte, ein Fluch war eine ganz neue Dimension. Normalerweise waren sie es, die die Zauber wirkten oder die Priester ihrer Gemeinschaft. Ein fremder Zauber war das erste Mal in ihrem Leben eine Bedrohung für sie und ihre Familie. Mit klopfenden Herzen nahm sie ihren Armreif wieder an sich und legte ihn an, in der Hoffnung das er helfen würde.

VALDIS

Gute Gesellschaft, Essen und Trinken, hatten die meisten längst vergessen lassen, was geschehen war, als die Sonne allmählich über dem Wald aufging. Valdis aber konnte nicht vergessen. In ihren Ohren hallten immer noch die unheilvollen Worte der fremden Frau wieder. Immer noch bekam sie eine Gänsehaut und ihre Nackenhaare stellten sich auf. Während alle anderen also gemütlich vor dem Feuer hockten, wanderte sie zurück an den Waldrand zum Moor. Leise knackte das Holz unter ihren Füßen, ansonsten war es hier draußen erschreckend still. Als sie die letzte Baumreihe durchquerte, blieb Valdis wie angewurzelt stehen. Draußen im Moor, an genau der Stelle, an der die Unbekannte gestorben war, stand eine dunkle Gestalt. Mit angehaltenem Atem warf die junge Wikingerin einen Blick über die Schulter. Niemand sonst war auch nur in der Nähe. Als sie sich wieder dem Moor zu wandte, war die Gestalt gar nicht mehr so erschreckend, wie beim ersten Anblick. Sie hatte sogar etwas Vertrautes inne. "Kol?", kam es leise fragend von ihr, doch die Person reagierte nicht.

Eilig setzte sie sich in Bewegung. "Was machst du hier?", fragte sie, als sie neben ihm zum stehen kam. Anstatt ihn an zu sehen, versuchte sie allerdings heraus zu finden, was genau er sich denn anschaute, doch sein Blick schien ziellos in die Ferne gerichtet zu sein. "Ich wollte nur sehen, ob sie was fallen gelassen hat oder so", behauptete er. Kols Antwort kam sehr spontan und doch klang sie in Valdis Ohren, als hätte er sie sich gerade ausgedacht. Er war ein wirklich guter Lügner, fast so gut wie sie. "Ja, das hatte ich auch vor, ich wollte nicht nachsehen, ob sie hier einen magischen Abdruck hinterlassen hat oder so etwas in der Art", kam es spöttisch von ihr. Mit ihren Worten zauberte sie Kol ein Lächeln ins Gesicht. "Die Leiche ist schon versickert, vielleicht ihre Magie auch", informierte er sie. Er jedenfalls hatte keinen Hinweis auf Magie finden können. Dennoch hatte ihn dieser Ort in seinen Bann gezogen. "Oder aber sie hat alles aufgebraucht", wandte Valdis ein. Dieses Mal sahen sie und Kol sich direkt an. Er schien darüber nach zu denken, ob sie Recht haben könnte und was er davon halten sollte. "Hat Alva dazu etwas gesagt?", fragte er misstrauisch. Der Gedanke sie könnte mehr als er wissen schien ihm nicht zu gefallen. Valdis war von diesem Umstand belustigt.

"Nein, sie ist mit Freya und Erik in eine der heiligen Hütten verschwunden. Ich bin mir sicher, sie hat darin gezaubert, es hat eine ganze Weile gedauert, bis sie wieder raus gekommen sind." Kol runzelte die Stirn. "Und mit Mutter und Saga hat sie nicht gesprochen?", fragte er weiter. Valdis schüttelte den Kopf. Kol schien aus dem ganzen Geschehen wesentlich mehr Informationen zu ziehen als sie. Oder zumindest andere. "Wir sollten sie aufsuchen und mit ihr reden", schlug Kol vor und ging wieder Richtung Wald. Valdis schnaubte. "Sie wird uns nicht sagen", wandte sie ein und doch folgte sie ihm. Hier gab es nichts mehr, was sie interessierte. Im Wald angekommen dauerte es eine Weile, bis sie ihre Tante fanden. Sie saß mit den wenigen Erwachsenen, die nicht vollkommen betrunken waren, an einem Lagerfeuer. Manchmal fragte Valdis sich, ob ihre Tante das Leben in ihrem Dorf nicht mochte. Ihr gemeinsamer Hof lag ziemlich weit draußen, so hatten sie sich ihre eigene kleine Welt geschaffen. In anderen Ländern sah es angeblich ganz anders aus als bei ihnen. Ihr Vater hatte ihr viel davon erzählt, mitgenommen hatte er sie noch nicht. Stets vertröstete er sie auf das nächste Jahr. Vielleicht würde es Alva dort viel besser gefallen und doch blieb sie stets Zuhause.

Noch bevor sie bei Alva angekommen waren, entschuldigte diese sich bei ihren Leidensgenossen und verabschiedete sich, um ihnen entgegenzukommen.

"Was wollt ihr hier?" , fragte sie leicht angesäuert. Valdis ließ sich davon nicht beeindrucken, ihre Tante setzte diese Miene und diesen Tonfall immer auf, wenn sie einen loswerden wollte.

"Wir waren eben an der Stelle, an der die komische Hexe gestorben ist, und da ist gar keine Magie mehr", kam es unbeirrt von Kol. Allerdings klang er so, als wäre das alles gar nichts Besonderes, sondern ein ganz normales Gespräch über das Wetter. Alva verzog das Gesicht. "Ihr müsst aufhören, so unglaublich neugierig zu sein", mahnte sie. Eltern waren wirklich die langweiligsten Erwachsenen, stets glaubten sie einen mit der immer selben Masche loszuwerden. "Sie muss sie aufgebraucht haben bei dem Zauber, den sie gewirkt hat, vermutlich hat sie das umgebracht", setzte Valdis dabei nach. Allerdings klang sie nicht einmal ansatzweise so desinteressiert wie Kol. Aus ihren Worten hörte man deutlich heraus, wie wichtig ihr das war. Es musste ein mächtiger Zauber gewesen sein oder eine sehr schwache Hexe und da sie keinen Effekt hatte bemerken können, als der Zauber zu Ende gewirkt worden war, würde dieser wohl noch folgen und ihre Tante wusste ganz sicher etwas.

"Und da dachtet ihr Tante Alva weiß bestimmt was diese unbekannte Frau aus einem fremden Land gesagt hat, denn jede Magie ist ja vollkommen vergleichbar", antwortete ihre Tante sarkastisch. Sie klang beleidigt. "Dein Vater hat diese Frau angeschleppt, frag doch ihn!" Alvas Zeigefinger richtete sich anklagend auf Valdis. Diese öffnete den Mund, um zu protestieren, schloss ihn aber sogleich wieder, als sie Kols Blick sah, denn dieser sagte alles. Er stimmte Alva wohl voll und ganz zu. "Na bitte dann gehen wir eben zu ihm", stimmte Valdis schließlich zu. "Ich glaube aber nicht, dass er etwas wichtiges zu sagen hat", merkte sie an. Ihr Vater war ein intelligenter Mann, doch er besaß die Fähigkeit zu Zauber nicht. Trotzdem begab sie sich in die Richtung, in der sie ihre Eltern vermutete. Kol und Alva waren ihr dabei dicht auf den Fersen. Eine unangenehme Situation wie Valdis fand, denn sie brauchte nicht bei ihren Eltern zu sein, um zu wissen, was diese trieben. Solange sie es nicht sehen musste, war sie in der Lage es auszublenden, doch jetzt wurde sie direkt damit konfrontiert. Angewidert verzog sie das Gesicht, als sie sich dem

Lagerfeuer ihrer Familie näherte. Schon von weitem konnte man das Knäuel bestehend aus ihrer Mutter und ihrem Vater erkennen. Wären Kol und ihre Tante nicht dabei hätte sie vielleicht etwas positives an der Situation gefunden. Es war schließlich schön, dass ihre Eltern immer noch verliebt, wie am ersten Tag waren. Und ihr Verhalten entsprach dem, was man bei diesem Fest erwartete, doch Valdis fand es vor dem Rest ihrer Familie immer Recht peinlich, wie ihre Eltern sich benahmen. Vielleicht lag es daran, dass Alva keinen Partner hatte und Edda und Mikael penibel darauf achteten keine Zärtlichkeiten vor anderen auszutauschen. Deswegen räusperte sie sich bereits, als sie noch ein ganzes Stück entfernt waren. Leider führte es nicht zu dem gewünschten Ergebnis, ihre Eltern reagierten einfach nicht. Wären sie bei ihren Feldzügen auch so unaufmerksam, sie wären schon längst tot. Valdis ärgerte sich ein wenig, denn das bedeutete, dass sie es sehr wohl hörten und bewusst ignorierten. Erst als sie vor ihnen stand und sich erneut räusperte, wandte Leif sich von seiner Frau ab, um seine Tochter anzusehen. "Das kann bis nach dem Blót warten", meinte er bestimmt und küsste Saga erneut. "Diese fremde Hexe hat einen Zauber gesprochen, der all ihre

Magie aufgebraucht hat", ratterte Valdis herunter. "Weißt du, was sie gesagt hat?", fragte sie eilig nach. Man konnte quasi spüren, dass es Leif gar nicht gefiel erneut unterbrochen zu werden, doch ihr Vater war nie genervt von seinen Kindern. Er flüsterte Saga also etwas ins Ohr und stand auf nur um wenige Meter weiter am Feuer wieder Platz zu nehmen. "Und wie soll ich euch dabei helfen?", fragte er und sah dabei verschmitzt Alva an. "Du hast doch sicherlich etwas davon verstanden, was sie gesagt hat", antwortete Alva kühl. Valdis bewegte sich ein paar Meter weg von den beiden, sie hatte das Gefühl zwischen zwei kämpfenden Katzen geraten zu sein und sie wollte ganz sicher nicht verletzt werden. Sie und Kol nahmen am Rand platz. Kol griff zusätzlich nach etwas Trockenfleisch, als wäre das hier eine gute Geschichte, die erzählt wurde. "Und ich dachte, du sprichst einfach ein paar deiner Zauberworte und weißt, um was es ging", konterte ihr Vater sarkastisch. Valdis konnte darüber nur innerlich die Augen verdrehen. Zwischen Alva und Leif gab es irgendeine Fehde, die sie nicht verstand und die gerade auch nicht förderlich war. Sich einzumischen würde für sie jedoch nur ärger bedeuten. Valdis sah sich deswegen nach ihrer Mutter um, doch die war bereits verschwunden. "So funktioniert Magie aber nun einmal nicht", zischte Alva als Antwort. Eine Pause entstand, in der Alva Leif einfach nur giftig anstarrte, während in dessen Augen der blanke Hohn glitzerte. "Sie hat irgendetwas von ihrer Familie gefaselt", fing Leif schließlich langsam an zu sprechen. "Und uns beschimpft, aber mehr habe ich nicht verstanden", meinte er mit einem Schulterzucken. "Was sollen sie uns schon schlimmes getan haben?", fragte er unbesorgt. Ihr Vater war nicht dumm und auch nicht unkreativ ihm fielen bestimmt viele Dinge ein. Doch er glaubte stets, jedes Hindernis überwinden zu können, deswegen nahm er nur selten etwas ernst. Valdis warf Kol einen Seitenblick zu, doch dieser zuckte ebenfalls nur mit den Schultern. Dann sah sie Alva an. "Was auch immer es ist, es wird uns Leid bringen", flüsterte Alva unheilvoll. Die düstere Stimmung führte dazu, dass ihre Nackenhaare sich aufstellten. Ihr Vater zeigte sich jedoch unbeeindruckt. "Ich bin derjenige, der anderen Leid bringt", erwiderte er, nachdem er sich nach vorne gebeugt hatte. Danach grinste er zufrieden.

REBEKAH

Neun Tage waren eine viel zu kurze Zeit, um ihrer Familie zu entfliehen. Nicht das sie ihre Familie nicht liebte, jeder einzelnen von ihnen bedeutete der jungen Frau sehr viel. Doch ihre Eltern und ihre Brüder glaubten stets, sie müssten ein wachsames Auge auf sie haben und dabei vergaßen sie, dass Rebekah bereits erwachsen war und auf sich selbst aufpassen konnte. Nur bei Festen wie diesem schaffte sie es, eine länger Zeit am Stück ganz den Dingen nachzugehen, die sie für wichtig hielt. In den letzten Tagen war dieser wichtige jemand Björn gewesen. Ein charmanter junger Mann aus einem der Nachbardörfer, der ihr Gesellschaft geleistet hatte. Er und sie hatten sich bereits verabschiedet und doch konnte sie den Blick noch nicht ganz von ihm lösen. "Du weißt schon, dass du ihn vermutlich nie wieder sehen wirst, oder?" Niklaus Stimme klang belustigt, während er ihr diese Worte ins Ohr raunte. Rebekah verzog wütend das Gesicht. "Es sind nicht alle so wie du Nick", kommentierte sie seine Aussage schnippisch. In einer fließenden Bewegung drehte sie sich zu ihm um und sah ihm direkt in die Augen. "Bei wie vielen Frauen warst du wohl in diesen wenigen Tagen? Bei neun oder zehn?" So sehr sie ihren älteren Bruder auch liebte, er war furchtbar im Umgang mit Frauen. Er schenkte ihnen nur Aufmerksamkeit, solange es um sein Vergnügen ging, dann wurde er ihnen schnell überdrüssig und verließ sie wieder. Und das Schlimmste daran war, dass es den meisten von ihnen gar nichts aus zu machen schien. Sein Charme verblendete ihre Auffassungsgabe. Wie armselig diese Frauen doch waren, Rebekah hätte Mitleid mit ihnen gehabt, wenn sie in ihren Augen nicht selbst Schuld wären. "Wenigstens wartet keine von denen auf mich und beweint dann meinen frühzeitigen Tod", konterte Niklaus unbeeindruckt. In Rebekah zog sich alles zusammen, bei dem Gedanken das Björn tatsächlich bei seinem nächsten Beutezug etwas zustoßen könnte. Es war ja nicht einmal so, dass er von jemanden getötet werden musste. Es wäre nicht das erste Schiff, das nicht mehr zurückkehrte, weil es von den Wellen verschlungen worden war. "Du musst dir über deinen Tod dieses Jahr ja keine Sorgen machen, schließlich wirst du deinen ganzen Sommer mit uns verbringen", presste sie zwischen zusammengepressten Lippen hervor. Rebekah wollte mit ihren Worten eigentlich so scharf wie die Klinge eines Schwertes klingen, doch die Trauer die sich in ihr angesammelt hatte, verhinderte dies. Stattdessen klang sie einfach nur verbittert. Eigentlich hatte sie sich auf die Zeit mit ihrem Bruder gefreut. Wenigstens einer, um den sie sich keine Sorgen machen musste und der sie ablenken konnte, doch diese Vorfreude hatte sich gerade in Luft aufgelöst zusammen mit Klaus guter Laune. Alles, was sie jetzt noch in seinem Gesicht sehen konnte, war Wut. "Du wagst es, wirklich mir die Schuld dafür zu geben?", brüllte Klaus sie an. Ganz offensichtlich hatten ihre Worte ihn tief getroffen, im ersten Moment freute Rebekah sich über diesen Umstand, doch als sie ihm in die Augen blickte, tat es ihr Leid. Sie hatte ihn härter getroffen als gedacht. Sie wollte es wieder gutmachen. "Hört auf euch zu streiten, oder wollt ihr, dass Vater euch beide bestraft?", mischte Elijah sich ein. Er klang ruhig und besonnen, wie immer, doch dieses Mal würde das nicht ausreichen, um Klaus zu besänftigen, da war sie sich sicher. "Es tut mir leid, ich weiß wie wichtig dir das war", entschuldigte sie sich also bei ihrem Bruder. "Das bezweifel ich", erwiderte Klaus trocken. Mehr schien er dazu nicht sagen zu wollen, denn er wandte sich ab, um sich dem Rest der Familie an zu schließen. Rebekah warf Elijah einen traurigen Blick zu. "Das wird schon wieder", versicherte dieser ihr und reichte ihr die Hand, damit sie mit ihm kam. Die Reise zurück würde einige Stunden dauern. Rebekah konnte nur hoffen, dass Elijah Recht hatte und Nik sich in dieser Zeit beruhigen würde.

Vollmond

DU

"Du und deine Familie ihr habt also irgendeine komische Party im Wald gefeiert vor ein paar hundert Jahren. Schön für euch, aber warum erzählst du mir das?", fragst du. Der Boden auf dem du wieder Platz genommen hast, ist hart und kalt unter dir. Außerdem sind da immer noch deine Begleiter, die vielleicht nach dir suchen. Du willst jedenfalls nicht die ganze Nacht hier sitzen und dir noch eine Nierenentzündung wegholen. Jegliche Anspannung ist aus deinen Gliedern gewichen. Vermutlich liegt es daran, dass Onyxia, die Katze von Gyda sich auf deinem Schoß zusammen gerollt hat. Das riesige Vieh schnurrt, als wäre alles auf der Welt in bester Ordnung. Du hattest Zeit, über deine neue Situation nach zu denken. Vielleicht haben deine Kommilitonen dir nur einen Streich gespielt? Sie wissen vermutlich seit deinem ersten Tag, wieso du dir genau diese Uni ausgesucht hast und der ein oder andere hat sich bereits über dich lustig gemacht. Vielleicht wollen sie dich nur verarschen? Heimlich hast du schon nach Kameras Ausschau gehalten, doch entdeckt hast du nichts.

Gyda seufzte. "Ich dachte, du wärst interessierter oder findest du meine Geschichte so langweilig?", fragt sie nach und lehnt sich nach hinten. "Ich hatte gehofft, du könntest wenigstens noch die anderen kennenlernen", spricht sie weiter. Sofort spitz du die Ohren. "Die anderen?", fragst du nach und schaust dir die Steinfiguren an. Dein erster Impuls war, dass sie ebenfalls Vampire sind, doch seitdem haben sie sich nicht geregt. "Sie brauchen noch etwas Zeit", erklärte Gyda als hätte sie deine Gedanken gelesen. "Du brauchst mein Blut für sie?", schlussfolgerst du. Zumindest bei ihr war es so abgelaufen. Sie hatte von deinem Handgelenk getrunken und das hatte sie geweckt. "Nein, auch wenn Blut nach einem so langen Schlaf sicherlich nett ist. Sie werden auch so aufwachen und oben wartet bereits ein Festmahl auf sie", kam es gleichgültig von ihr. Nun steigt doch wieder Panik in dir auf. "Woher weißt du das?", fragst du unsicher. Ihr wart so weit entfernt vom Rest, dass du nichts hören konntest. "Meine Sinne sind wesentlich besser als deine. Außerdem ist das unser Haus. Ich weiß von allem, was darin vor sich geht." Gyda erhebt sich und kommt auf dich zu. "Erzählst du nun weiter?", versuchst du sie ab zu lenken. Dein Blick ist dabei auf einen der leblosen Vampire gerichtet. Du bist dir sicher, dass er sich bewegt hat. Vielleicht kannst du doch noch ein wenig Zeit schinden, sodass die anderen in der Zwischenzeit verschwinden können. Gyda scheint deine Finte zu bemerken, doch sie setzt dennoch zum Weitersprechen an:

GYDA

Wenige Tage nach dem Fest war es so weit. Die Krieger unseres Dorfes brachen auf, um mit ihren Schiffen in See zu stechen und mit reicher Beute und vielen Waren wiederzukehren.

Die Sachen für ihre Eltern und Erik waren schnell zusammen gepackt, sie würden nur mitnehmen, was sie auch am Leib trugen. Ihre Schilde, warme Kleidung, ihre Waffen und ein wenig Proviant, mehr würden sie nicht mitnehmen können. Bei Mikael, Elijah und Kol sah das ganz anders aus. Sie würden in den Osten fahren, um zu handeln, was bedeutete, dass sie alles mitnahmen, was sie auf dem Hof erwirtschaftet hatte und entbehren konnten. Deswegen wurden einige Schafe und Ziegen festgebunden, um sie mitzunehmen. Es wurde Wolle und einiges an getrockneten Fischen zu Bündeln zusammengebunden, um sie auf den Karren zu laden. "Freya wird euch begleiten", verkündete Alva als sie mit ihrer Tochter dazu stieß. Gyda zog überrascht eine Augenbraue nach oben. Diese Information war gänzlich neu. "Sie wird ein paar Freunde von mir treffen. Sie wissen bereits Bescheid", erklärte Alva. Um ihre Aussage zu unterstreichen reichte sie ihrer Tochter einen kleinen Beutel. Soweit Gyda wusste, sammelte ihre Tante darin die Samen, die sie für ihre Kräuter brauchte. Anscheinend waren die Freunde, von denen sie sprach, also ebenfalls Hexen oder Hexenmeister. Gyda selbst hörte zum ersten Mal, dass ihre Tante überhaupt solche Kontakte besaß, und fragte sich, wie diese wohl zustande gekommen waren. Alva selbst verließ nie ihre Heimat, doch Erik war bereits auf der einen oder anderen Reise dabei gewesen. In den ersten Jahren war er, wie sie alle zu Beginn, mit Mikael zum handeln mit gefahren. Sie vermutete, dass der Kontakt so zustande gekommen war. "Ich nehme sie gerne mit", versicherte Mikael. Im Gegensatz zu ihrem Vater verstand der Mann von Edda sich hervorragend mit seiner Schwägerin. Insgeheim fragte Gyda sich, ob die ganze Sache bereits abgesprochen gewesen war. Die meisten der Beteiligten schienen aber genauso überrascht zu sein wie sie. Nun da alles geklärt zu sein schien, ging es endlich los. Bis auf Alva, die Zuhause blieb, um den Hof zu bewachen, setzte sich die kleine Gemeinschaft in Bewegung. Sie ließen die drei Langhäuser aus Holz und den Hof hinter sich und folgten dem Trampelpfad Richtung

Dorf. Die meiste Zeit des Weges ging es entlang riesiger Wiesen, die nur ab und an von anderen Häusern unterbrochen wurden. Zum Schluss durchquerten sie ein kleines Stück Wald, das war die Stelle an der noch einige andere Familien zu ihnen stießen, die ebenfalls auf dem Weg waren um ihre Liebsten zu verabschieden.

Zur Mittagsstunde kamen sie im Dorf an. Dort herrschte reges Treiben. Dicht an dicht drängten sich all jene, die normalerweise die meiste Zeit in ihren Höfen außerhalb der Stadt aufhielten und nun die Gelegenheit nutzen Vorräte und andere Güter zu tauschen. Einige wenige schienen schon, voller Vorfreude auf die bevorstehende Fahrt, zu Feiern und ihren erwarteten Gewinn bereits jetzt schon zu versaufen. Gyda konnte über diese Unvernunft nur innerlich den Kopf schütteln. "Da haben wohl einige die alten Geschichten falsch verstanden und die Siegesgelage vorverlegt. Ich wette, Klaus ist ganz neidisch", kommentierte Valdis belustigt die Situation. In diesen Moment fiel Gyda wieder ein, dass ihre Schwester eigentlich schon eine erwachsene Frau war und vielleicht gerne mit gefahren wäre, anstatt mit ihnen zu Hause zu bleiben. "Ich glaube, Klaus hat in letzter Zeit ein ganz bestimmtes Mädchen im Auge. Und was ist mir dir, wärst du nicht auch gerne mit gefahren?", fragte sie ihre Schwester. Valdis lachte jedoch nur. "Was, mit Mikael? Nein, ich warte lieber noch ein paar Jahre und fahre mit Vater mit", erklärte sie selbstbewusst. Das konnte Gyda gut verstehen die Geschichten, die ihr Onkel erzählte, klangen todlangweilig. Ob das nun an seinen Taten oder seiner Erzählkunst lag, ließ sie mal dahin gestellt. Die Geschichten, die ihr Vater erzählte, klangen hingegen wie ein wirkliches Abenteuer. Ruhm und Reichtum erwartete jeden, der ihm in den Kampf folgte. Gyda selbst war ein einziges Mal mit ihren Eltern losgezogen, die gesamte Hin- und Rückfahrt war sie Seekrank gewesen, selbst das Mittel das Alva ihr angemischt hatte, hatte daran nichts ändern können. Während sie einen Moment in Erinnerungen schwelgte, kam ihr ein anderer Gedanke. "Frag ihn trotzdem, ob du mitfahren kannst", bat sie Valdis. Diese sah sie mit zusammen gekniffenen Augen misstrauisch an. "Ich will aber nicht mit fahren", meinte sie abweisend, "Erzähl mir lieber etwas darüber, mit wem Klaus anbandelt", versuchte Valdis abzulenken. Die Frage brachte Gyda tatsächlich kurz aus dem Konzept. Sie war sich nicht mal sicher, ob ihre Aussage stimmte, aber sie hatte Klaus in der Tat das ganze Blót über nur mit einer einzigen Partnerin gesehen. Ein ganz neuer Umstand wie sie fand. "Es ist Smilla, die Zwillingsschwester von Svenja", erklärte sie schnell. "Bitte frag Mikael, er wird dich nicht mit nehmen, versprochen", drängte sie Valdis weiter. Diese schien erst widersprechen zu wollen, doch anscheinend überlegte sie es sich anders. "Wenn es dir so wichtig ist, na gut, aber du verrätst mir später, was das soll."

"Versprochen", versicherte Gyda.

Nachdem sie sich durch die Menge zum Steg vor gekämpft hatten, rotteten sie sich zu einer kleinen Traube zusammen. Zuerst wurden ihre Eltern und Erik verabschiedet. Sie würden wie die meisten Schiffe in diesem Jahr gen Westen fahren. Ihr Vater hatte das Kommando, deswegen war er der Erste, der an Bord seines Schiffes ging. Es dauerte fast eine Stunde, bis sie schließlich ablegten und es würde noch eine ganze Weile dauern bis man ihre Schiffe am Horizont nicht mehr sehen konnte. Dieses Mal würden Gyda und ihre Schwester jedoch nicht am Hafen stehen und warten bis die Schiffe verschwanden, denn als Nächstes wurde Mikael verabschiedet. Während Gyda Elijah verabschiedete, umarmte Valdis ihren Onkel. "Kann ich nicht auch mitkommen?", fragte sie gerade mal so laut, dass die ihr am nächsten Stehenden es hören konnte. So bekamen nur Elijah, Klaus, Gyda und Kol ihre Frage mit. Die Männer wunderten sich allerdings nicht besonders darüber und auch Mikael wirkte nicht überrascht. "Dieses Jahr geht es nicht, das Schiff ist voll", erklärte dieser ruhig. "Du kannst nächstes Jahr mitfahren", fügte er dann noch hinzu. Gyda und ihre Schwester tauschten Blicke aus. Valdis schien immer noch nicht zu verstehen, was Gyda damit hatte bezwecken wollen, aber dem Blick nach zu urteilen war ihre Aufgabe erledigt. Bis Mikael ablegte, dauerte es nicht lange. Zwar würden einige andere Schiffe mit ihm die Bucht verlassen, doch sie würden nicht dasselbe Ziel haben wie er und sich bald von ihm trennen. Nur noch zu siebt standen sie am Hafen und blickten hinaus. Die meisten anderen waren bereits gegangen, doch Edda und Ingrid wollten sich wohl noch nicht ganz von ihren Männern loseisen, auch wenn diese sicherlich schon lange nicht mehr zurückblickten. Ihr selbst war es gleich, wie lange sie hier standen, doch sie wunderte sich darüber, dass selbst Klaus und Rebekah nichts sagten. "Es wird bald Dunkel Mutter, vielleicht sollten wir die Nacht lieber hier verbringen", schlug Klaus schließlich vor. Welch weise Worte, doch Gyda bezweifelte, dass sie der Sorge geschuldet waren, nicht heil Zuhause an zu kommen. Klaus wollte seine Zeit nutzen, um auch hier seinen Spaß zu haben, da war sie sich sicher. Allerdings bezweifelte sie, dass seine Mutter dies wirklich zulassen würde. "Das ist eine gute Idee, ich wollte auch noch den Priester aufsuchen, das könnte noch einiges an Zeit beanspruchen", fügte sie hinzu. Natürlich könnte ihre Tante diesen Punkt, bei ihrer Überlegung zu bleiben, außer acht lassen, sie war schließlich alt genug um auf sich selbst auf zu passen, doch Edda übernahm stets die Verantwortung für Valdis und sie wenn ihre Eltern nicht da waren und sie wollte Saga sicherlich nicht Rede und Antwort stehen müssen, falls ihr etwas zustoßen sollte. "Solveig schläft schon fast, es wäre wirklich gut erst morgen zurückzumüssen", stimmte auch Ingrid zu. Man konnte dabei zusehen, wie Edda versuchte einen Ausweg zu finden und sich schließlich ihrem Schicksal ergab. "Gut, wir bleiben genau eine Nacht hier, morgen früh reisen wir wieder ab, Alva wartete schließlich schon auf uns", verkündete sie schließlich. Es schien ihr immer noch schwerzufallen sich von der See ab zu wenden und den Weg Richtung Dorfplatz einzuschlagen. Dort stand das

Langhaus des Jarls, dem Oberhaupt ihrer Gemeinschaft. Er sorgte dafür, dass den Männer Schiffe zur Verfügung gestellt wurden, mit denen sie aufbrechen konnten. Dafür wurde er an ihrem Gewinn beteiligt. Den Rest des Jahres sorgte er dafür, dass das Thing stattfand, eine Versammlung der Gemeinschaft unter freiem Himmel bei dem unter anderem Streitigkeiten beigelegt wurden und Recht gesprochen wurde. Darüber, ob jemand schuldig oder unschuldig war, entschieden stets die Anwesenden. An den Tagen, an denen die Krieger und Händler ihrer Gemeinschaft loszogen, stellte der Jarl sein Haus zur Verfügung, für all jene die eine lange Anreise hatten und nirgendwo anders unterkommen konnten. Im Hauptraum, den sie zuerst betraten, standen einige Tische. Es gab Essen und Trinken für jeden und in den hinteren Räumen standen die provisorischen Betten. Gyda sah sich neugierig um, ihr Großvater war früher der Jarl gewesen. Ihre Mutter und ihre Tanten waren somit in diesem Haus großgeworden. Hinweise darauf gab es jedoch nicht. Wären ihre Großeltern nicht auf mysteriöse Weise gestorben, wären sie hier ebenfalls aufgewachsen. Gyda war froh, dass es nicht so war, denn die Hallen des Jarls waren stets unangenehm voll. "Ich werde mich jetzt auf den Weg machen", verkündete sie. "Du bist so schnell es geht wieder hier", ermahnte Edda sie, während sie gemeinsam an einem der Tische platz nahmen. "Natürlich", versicherte Gyda und stand wieder auf. Besser sie brach auf, bevor ihre Tante es sich anders überlegte. "Ich komme mit", erklärte Valdis eilig und erhob sich ebenfalls. Gerade als Edda den Mund öffnete, zog Klaus nach. "Ich werde sie begleiten, damit ihnen nichts passiert", erklärte er und schob die beiden Frauen vor sich hinaus. Im Hintergrund hörte man Edda protestieren. "Toll, jetzt haben wir Rebekah mit ihr und Ingrid allein gelassen", beschwerte Gyda sich. Mit einigen Schritten löste sie sich von Klaus und blickte zurück. "Sie wird schon zurechtkommen", versicherte er. Aus seiner Stimme war herauszuhören, dass es ihm egal war, falls es nicht so sein sollte. "Was sollte das eben mit Vater?", fragte er weiter, als sie den Weg zum Haus der Priester einschlugen. Es lag ganz am Rand des Dorfes, ein wenig abgelegen von den anderen Häusern, als würden sie sich von dem fürchten, was darin hauste, obwohl sie es gleichzeitig so verehrten. "Ich hab keine Ahnung, wovon du redest", kam es schulterzuckend von Gyda. "Doch das weißt du ganz genau", versicherte Klaus und hielt sie am Arm fest. "Seit dem Blót stimmt irgendetwas nicht", erklärte er weiter. Gyda verengte die Augen. "Was meinst du damit?", fragte sie misstrauisch nach. Doch anstatt zu Antworten blickte Klaus an ihr vorbei zu Valdis. Diese war einige Meter weiter gegangen und hatte so getan, als hätte sie gar nicht mitbekommen, was Gyda und Klaus da besprachen. Gyda löste sich von Klaus und drehte sich zu ihrer Schwester um, die notgedrungen stehen blieb. "Unsere kleine Zauberfraktion hängt verdächtig oft aufeinander", erklärte Klaus sich weiter. Gyda musste über seine Worte und die letzten Tage nachdenken. Valdis verbrachte hin und wieder Zeit mit Kol, aber das war vorher auch schon vorgekommen. Vielleicht hatte sie sich aber auch zu sehr auf Alva konzentriert, um mit zu bekommen, was die beiden trieben. "Warum sollte ich Mikael fragen, ob er mich mitnimmt?", drehte Valdis den Spieß um. Klaus Blick schwenkte von Valdis zu Gyda und er zog eine Augenbraue in die Höhe. "Sie haben es so aussehen lassen als hätten sie im letzten Moment entschieden das Freya mit ihm reist. Dabei hat sie Angst vor tiefen Gewässern, ich bin mir sicher, es war vorher schon abgesprochen", erklärte Gyda langsam. Sie war sich selbst nicht sicher, worauf sie hinaus wollte. Ihre Tante wollte ihnen nie etwas Böses. "Sie verheimlicht uns etwas", fügte sie nun bestimmter hinzu. Und genau das war der Punkt, der ihr nicht gefiel. Selbst wenn Alva sich nicht sicher sein sollte, hätte sie dennoch die ganze Familie informieren sollen. "Das glauben Kol und ich auch. Diese Frau hat all ihre Magie aufgebraucht für den Zauber, den sie gewirkt hat, aber niemand hat eine Antwort, was sie gesagt hat", erklärte Valdis.

"Das ist alles?", fragte Klaus. Er schien enttäuscht, "Eine Hexe, die ihre Magie aufgebraucht hat und Freya, die auf Reisen geht, na und?"

"Das bedeutet, dass sie den Zauber zu Ende gewirkt hat und die Folgen nicht wie gedacht ausgeblieben sind, sondern noch auf uns zukommen werden", erklärte Gyda trocken, "Das war ein sehr mächtiger Zauber." Klaus schien mit dieser Information immer noch nichts anfangen zu können. Gyda hätte es ihm gerne genauer erklärt, doch Fakt war, dass niemand von ihnen wusste, was der Zauber ausgelöst hatte, weil niemand die Sprache der Fremden verstand, und sie bezweifelte, dass Klaus ihr glauben würde, wenn sie einfach nur behauptete, dass es etwas Schlimmes war. "Kommt wir suchen die Priester auf", entschied sie also schließlich und stapfte weiter durch die anbrechende Dunkelheit. Je näher sie dem Haus der Priester jedoch kamen, desto langsamer wurden ihre Schritte. Ein ungutes Gefühl machte sich in ihrer Magengrube breit, oder war das nur die Anspannung, die sie immer empfand wenn sie mit den Geistlichen zu tun hatte? Gyda war sich nicht sicher. Wäre sie alleine, hätte sie vermutlich in diesem Moment einen Rückzieher gemacht, doch zusammen mit Klaus und Valdis ging das nicht. Dabei war sie sich sicher, dass ihr Besuch ihnen vermutlich nicht helfen würde. Niemand sprach so kryptisch wie der Hohepriester.

An der Hütte angekommen blieb sie an der Türschwelle stehen und klopfte auf das Holz des Rahmens, eine wirkliche Tür gab es nicht, nur ein dünner Wollvorhang trennte die Außenwelt von dem Innersten des Hauses. "Kommt herein Kinder, wir haben euch schon erwartet", erklang eine kratzige Stimme von drinnen. Manch einer behauptete die Priester klängen alle gleich, weil sie alle aus derselben Quelle schöpften, doch Gyda empfand die Stimme des Hohepriesters immer als besonders unheilvoll. Dennoch öffnete sie den Vorhang. Eine dicke Rauchwolke umnebelt sie und ihre Begleiter. Für einen Augenblick raubte es ihr den Atem und ihre Augen begannen zu tränen. Hinter ihr konnte sie hören, wie Valdis anfing zu husten. Als sich der Vorhang hinter ihnen schloss setzte bei ihr kurz der Fluchtreflex ein. Sie waren gefangen, in einer Wolke aus Nebel der die Sinne dämpfte und die Glieder schwer machte. Das Kratzen in ihrem Hals und ihre brennenden Augen waren nur noch eine Nebenerscheinung, die belanglos erschien. Wie durch Wasser kämpfte Gyda sich in dem Raum vorwärts. Am anderen Ende saß der Hohepriester auf einem Berg von Fellen. Vor ihm stand ein silberner Teller mit einer undefinierbaren schwarzen Paste und eine Schale, aus der roter Rauch hervorquoll. Andere Priester konnte sie nicht sehen, doch sie hatte das Gefühl von ihnen beobachtet zu werden. Hin und wieder glaubte sie, ein Rascheln zu hören, doch sie konnte nicht sagen, ob es von ihnen oder von ihren Begleitern kam. Manchmal war sie sich nicht mal sicher, ob sie nicht doch alleine war.

Nach einer Ewigkeit, so schien es ihr, war sie vor dem Hohepriester angekommen. Wie ein nasser Sack nahm sie platz. Klaus setzte sich neben sie, während Valdis sich hinter ihr niederließ.

"Wir sind hergekommen weil…", fing sie an, doch der Hohepriester unterbrach sie mit einer schneidenden Handbewegung. "Ich weiß, warum ihr hier seid", erklärte er ruhig. Ein Grinsen breitete sich auf seinem Gesicht aus und seine pechschwarzen Zähne kamen zum Vorschein. "Wie ich sehe, hast du dich für einen Gott entschieden, Kind", kam es gackernd von ihm. Aus Reflex faste Gyda sich ans Ohr. Dahinter hatte sie sich die Rune des Gottes Loki stechen lassen. Im ersten Moment war sie verwirrt davon, wie der Hohepriester dies wissen konnte. Er war blind und sie hatte das Mal erst seit dem Blót, doch dann wurde ihr klar, dass die anderen Priester es ihm erzählt haben mussten. Nur die Priester durften Schriftzeichen benutzen, denn ihnen lag eine göttliche Kraft inne. Nur sie waren in der Lage keine Fehler beim schreiben zu machen und so kein Unheil herauf zu beschwören. "Deswegen sind wir nicht hier", berichtigte Klaus den Priester nach einer langen Pause. Damit riss er Gyda aus ihren Gedanken. Sie hatte sich für Loki entschieden, weil dieser den Menschen das Feuer geschenkt hatte und somit ihre Seele. Er verstärkte alles das Gute sowie das Böse und sorgte in ihren Augen somit für ein Gleichgewicht. Die Aussage des Hohepriesters hatte dazu geführt, dass sie an ihrer Entscheidung gezweifelt hatte, doch dafür gab es überhaupt keinen Grund. "Wir sind hier wegen dieser fremden Frau, die mein Vater mitgebracht hat", fügte Gyda hinzu.

“Ah die kleine Aufsässige mit den fremden Göttern”, kombinierte der Priester und legte den Kopf leicht schief. “Ihr wisst schon alles darüber”, versicherte er schließlich. “Wir wissen nicht, was ihr Zauber macht”, mischte Valdis sich nun ein. Anscheinend fürchtete sie das Klaus und Gyda sich zu schnell abwimmeln lassen würden. Der Hohepriester schnalzte mit der Zunge, als würde er die Luft abschmecken. “Dann wollt ihr, dass ich euch die Zukunft verrate?”, fragte er nach. Die Aufgabe des Sehers schien ihm weitaus mehr Vergnügen zu bereiten als die des Beantworters von Fragen oder die des Beraters. “Gut, dann gib mir deine Hand”, meinte er bestimmt. Neue Lebensgeister schienen in den alten Mann gefahren zu sein. Auffordernd hielt er seine eigene Hand in die Höhe, die langen Nägel nach Klaus ausgestreckt.

Klaus warf Gyda einen fragenden Blick zu, doch diese zuckte nur sehr langsam mit den Schultern. Der Seher würde ihm schon nicht die Hand abbeißen da war sie sich sicher und ihre Eltern schätzen die Meinung des Hohepriesters über die Zukunft sehr. Irgendetwas brachte ihnen seine Worte also. Klaus kam der Aufforderung dennoch nur zögerlich nach. Einen Wimpernschlag lang hielt der Priester Klaus Hand einfach nur fest und rührte sich nicht, dann zog er sie ruckartig zu sich heran und leckte sie ab. Gyda tauschte mit Valdis einen angeekelten Blick aus. Sie waren froh, gerade nicht in der Haut ihres Cousins zu stecken. Dieser bekam mit der schwarzen Paste eine Rune in die Handfläche gezeichnet. Als Nächstes griff der Priester zu einer Handvoll kleinere Knochen, die von Raben stammten. Während diese in seinen hohlen Händen klappernd hin und her geworfen wurden, murmelte er Worte gerichtet an die Nornen. Nur sie wussten, welches Schicksal ein jeder von ihnen erwartete. Mit einem dumpfen Klackern landeten die Knochen zwischen Klaus und dem Hohepriester auf dem Boden. "Ah ja, ich verstehe", sprach der Seher eher zu sich selbst als zu den Anwesenden. Klaus schien unterdessen die Geduld zu verlieren "Es wird Zeit für euch klarere Worte zu finden Hohepriester, wir sind nicht gekommen, um euren Selbstgesprächen zu zuhören", erklärte er mit fester Stimme. Dies entlockte dem Priester ein gackerndes Lachen. Als er sich beruhigt hatte, beugte der Seher sich nach vorne, sodass sein Gesicht nur noch wenige Zentimeter von Klaus Gesicht entfernt war. "In den Wäldern unserer Heimat lauert ein neuer dunkler Schatten. Glühende Augen beobachten die Schwachen. Zerreißendes Leid warten auf jene, die nicht stark genug sind", verkündete der Seher düster. Die letzten Worte hatte er ausgesprochen, als würden sie ihm selbst Schmerzen bereiten. Gydas Magen zog sich zusammen und ihr wurde schlecht. Valdis hingegen stand mit einem Schnauben auf. "Das sagen sie doch jedes Mal, wenn alle auf Beutezug gehen", beschwerte sie sich. Anstatt noch auf eine weitere Antwort zu warten ging sie raus. Klaus erhob sich ebenfalls und folgte ihr. Nur Gyda brauchte einen Moment, um sich auf zu rappeln. "Dieses Mal wird alles anders sein", versicherte ihr der Priester noch, während er die Knochen wieder zusammen räumte. Seine Worte klangen aufrichtiger als alles, was sie je aus seinem Mund gehört hatte. Ihr Puls und ihr ungutes Gefühl verflüchtigten sich. "Meine Familie wird es schon überstehen", meinte sie selbstsicher. Ihr ungutes Gefühl rührte vermutlich nur von der stickigen Luft, draußen angekommen ging es ihr schon viel besser. Klaus und Valdis warteten einige Meter weiter auf sie. "Er wollte uns nur Angst machen, weil ihm langweilig ist", versicherte sie den beiden. Zwar hatte die Priester in dieser Zeit mehr zu tun als sonst, aber jeder der sie besuchte wollte nur wissen, ob sein Mann oder

Kind zu ihm zurückkam. Eine andere Frage beschäftigte die Zurückgebliebenen kaum.

ERIK

Die Überfahrt schien schier endlos lange zu dauern. Manche der Männer bezweifelten sogar, dass sie je ankommen würden. Während die eine Hälfte die Götter anbetete, um wieder auf den richtigen Kurs zu finden, schienen einige zu überlegen ob sie Leif stürzen sollten. Erik fand diesen Gedanken belustigend. Ein Zweikampf auf einem so schmalen Schiff würde dazu führen, dass sie untergingen, nicht mehr und nicht weniger. Davon abgesehen bezweifelte er, dass jemand von ihnen wirklich das Können besaß, gegen seinen Onkel an zu kommen. Hin und wieder ließ er Bemerkungen fallen, die daraufhin wiesen, die meisten der Männer verstanden allerdings nicht worauf er hinaus wollte. Bei manch anderen schien er Zweifel gesät zu haben, denn auch wenn die meisten von Tag zu Tag unzufrieden wurden, versuchte niemand von ihnen wirklich etwas zu unternehmen. So zogen die Tage an ihnen vorbei, während sie Meile um Meile zurücklegten. Als Leif sich sicher war, dass das Festland nicht mehr weit entfernt sein konnte, wurde einer der Raben heraus gelassen, würde er nicht zurückkehren so stand fest, dass sie bald da sein würden. Ruhe gaben die Männer jedoch erst, als am späten Abend endlich Land in Sicht kam. Der Begeisterungsjubel war so groß, Erik fürchtete kurz, dass sie kenterten. Leben kam in die Männer. Sobald das Wasser seicht genug war, sprangen sie hinein und zogen die Schiffe an Land. Erst wurden sie so weit gesichert, dass sie nicht mehr von der Flut weggetrieben werden konnten, dann wurde ein provisorisches Lager aufgeschlagen. Da ihre Vorräte schon seit einigen Tagen aufgebraucht waren, wurden sie in Gruppen eingeteilt. Während ein Teil Feuerholz zusammen suchte und ein anderer die Gegend auskundschaftete, sollte Erik mit ein paar anderen Männern etwas zu Essen jagen. Die Küste, an der sie angekommen waren, war mit weichen, weißen Sand bedeckt. Danach folgte eine grüne saftige Graslandschaft. Weiter hinten am Horizont konnte man in Richtung Norden Hügel erkennen, gen Westen hingegen konnte man in der Ferne einen Wald sehen. Eine Siedlung war weit und breit nicht zu sehen doch Leif versicherte, dass sie da war. Gerade war dies aber nebensächlich, erst einmal mussten sie wieder zu Kräften kommen. Zusammen mit Björn und Sven bracht Erik deswegen auf. Ohne viele Worte einigten sie sich darauf, im Wald nach passender Beute zu suchen.

Der Wald war ganz anders, als der in ihrer Heimat. Er roch mehr nach Laub als nach Moos und auch die Bäume schienen ganz andere zu sein. Wirklich Zeit sich damit zu beschäftigen hatte Erik jedoch nicht, denn seine Gefährten hatten keine Augen für die Natur. Sie suchten lediglich nach den Spuren von Tieren und fanden schließlich auch welche. Eine ganze Weile folgten sie den Hufabdrücken, die noch nicht all zu alt sein konnten. Nach einer halben Stunde war es endlich so weit. Sie kamen an einer Lichtung an, auf der sich drei Rehe befanden und einige Jungtiere. Eines der Tiere wirkte schon ein wenig älter, mit einem Kopfnicken verständigte er sich mit den anderen darauf, dieses Tier zuerst zu schießen. Es war groß genug für sie alle, doch er dachte dennoch darüber nach vielleicht noch ein weiteres mit ins Lager zurückzubringen.

Sie fächerten sich also auf, um das Tier ein zu kesseln. Björn spannte unterdessen bereits seinen Bogen. Und dann ging alles ganz schnell. Erik bemerkte, dass etwas nicht stimmte, sie waren nicht alleine. Genau in dem Moment surrte der

Pfeil von Björn durch die Luft und erwischte das Reh an der Schulter. Während das ältere Tier erschrocken los sprinten wollte und nur wenige Meter weiter umfiel, barsten die anderen Tiere in alle Richtungen auseinander. Aus dem Busch hinter den Tieren sprangen vier Männer. Aus Reflex duckte Erik sich tiefer ins Gestrüpp. Die Männer ähnelten den Frauen, die Leif aus seinem letzten Beutezug mitgebracht hatten. Sie hatten merkwürdig dunkle Haut, die mit geometrischen Symbolen tätowiert war.

Ihr Haar war schwarz und merkwürdig kraus. Gekleidet waren sie nur mit einem Lendenschurz, der Rest ihres Körpers lag frei. Bewaffnet waren sie mit Speeren, die sie zum Angriff in die Höhe gerissen hatten. Ihre erste Attacke galt Björn, denn dieser war am leichtesten auszumachen. Zwei der Männer stürmten nach vorne, einer von ihnen warf seinen Speer lange bevor er Björn erreicht hatte. Björn ließ sich davon nicht beirren, er hatte seinen Bogen erneut gespannt und traf den Angreifer am Oberarm. Der Mann schrie, doch es hinderte ihn nicht daran, sein Beil zu ziehen. Björn unterdessen war nur knapp vom Speer verfehlt worden. Nun mischte sich auch Sven ein, von hinten hatte er einen der Männer angegriffen, der sich im Hintergrund gehalten hatten.

Erik fluchte innerlich. Diese Fremden hatten eindeutig einen Heimvorteil, denn das hier waren ihre Wälder. Dennoch sprang er aus dem Gebüsch, um seinen Kameraden zu helfen. Einer seiner Dolche flog direkt auf den Mann ohne Speer zu und traf ihn in der Kehle. Wie zu erwarten zog der Mann ihn direkt wieder herraus. Ein großer Fehler, denn Eriks Dolche waren so konzipiert, dass die Wunde dadurch noch größer wurden. In wenigen Minuten wäre es vorbei mit dem Fremden. Deswegen konzentrierte er sich auch auf den Mann, der auf ihn zugestürmt kam, um seinen Freund zu rächen. Während Erik seinen zweiten Dolch aus dem Gürtel zog, wich er den Angriffen des Fremden so gut es ging aus, dabei wurde er an der rechten Schulter getroffen. Da diese Seite nun vollkommen kraftlos war, warf er den Dolch in die anderen Hand. Mit einer fließenden Bewegung stach er dem Fremden ins Auge. Blut spritze ihm ins Gesicht und raubte ihm für einen Augenblick die Sicht, während sein Angreifer unter Schmerzensschreien zu Boden sackte. Erschöpft schnaubte er auf und versuchte sich zu orientieren. Björn war immer noch mit seinem Angreifer beschäftigt. Sie suhlten sich im Dreck, während ein jeder von ihnen versuchte, die Oberhand zu gewinnen. Sven unterdessen hatte seinen Gegner erledigt und widmete sich dem Reh. Seine beiden Opfer wanden sich noch immer auf dem Boden. Selbst der Kerl, den er ins Auge getroffen hatte, versuchte, sich wieder auf zu rappeln. Dennoch hatte Erik es nicht eilig. Er nahm sich die Zeit sein Armband an zu zapfen. Er brauchte die Magie, um seinen Arm zu heilen, der immer gefühlloser wurde. Das Metall wurde warm während er auf den Zauber zugriff, den seine Mutter darin gespeichert hatte. Wie Wasser strömte es seinen Arm hinauf und mit ein paar wenigen leisen Worten schloss sich die Wunde, innerhalb weniger Augenblicke. Erleichtert atmete Erik auf. Als Erstes widmete er sich dem Flüchtenden. Mit einem festen Tritt trieb er den Dolch so tief in den Schädel, dass es knackte. Danach zog er die Waffe wieder heraus. Für einen Moment wurde ihm schwarz vor Augen. Sein Brustkorb zog sich zusammen und er schnappte nach Luft, doch so schnell wie dieser Zustand gekommen war, so schnell verschwand er auch wieder. Als Erik sich aufrichtete, konnte er nicht mehr sagen, woran es wohl gelegen haben mochte. Der Mann, den er in der Kehle getroffen hatte, hatte sich einige Meter nach vorne gekämpft und war dann leblos zusammen gesackt. Sein Dolch lag ein Stück von ihm entfernt. Nachdem er auch diesen wieder an sich genommen hatte, richtete er sich auf und sah sich nach Björn und Sven um. Den beiden ging es offensichtlich gut, soweit er das beurteilen konnte.

"Und was machen wir jetzt mit ihnen?", fragte Sven, der sich das Reh über die Schulter geworfen hatte. "Sie haben nichts wertvolles bei sich", stellte Björn nüchtern fest, während er zur nächsten Leiche ging und auch diese absuchte. Erik wunderte es nicht, dass sie keine kostbaren Dinge bei sich trugen. "Sie waren auf der Jagd, wie wir, wenn sie nicht zurückkommen, werden ihre Leute sie bald suchen", meinte Erik mehr zu sich als zu seinen Begleitern. Mitnehmen konnte sie die Fremden aber nicht. "Wir verstecken sie in den Büschen", entschied er dann. Sie zu verbrennen war einfach zu gefährlich, das Feuer würde die Einheimischen nur noch schneller anlocken. Schnell wischte er die Messer am toten Körper ab und verstaute sie wieder an seinem Gürtel. Dann zog er die erste Leiche in das Gestrüpp, in dem er sich vorhin noch versteckt hatte. Nachdem sie alle ihre Opfer an diesem Ort verstaut hatten, machten sie sich auf den Rückweg zur Küste. Leif grinste breit, als er sie ankommen sah. “Habt ihr Bekanntschaft mit einigen Einheimischen gemacht?”, fragte er amüsiert nach und deutete auf das Blut auf ihrer Kleidung. “Es waren vier, sicherlich werden sie noch mehr Männer schicken, wenn ihre Leute nicht wieder zurückkommen”, erklärte Erik während Sven das Reh ablegte und sich daran machte es zuzubereiten. “Sollen sie nur kommen”, antwortete Leif und blickte an Erik vorbei in die Graslandschaft. Sie hatten die Schiffe so weit an Land gezogen, dass sie ihnen einen gewissen Schutz boten. Zudem hatten sie schon angefangen, ein Feuer zu machen, sodass sie das Reh gleich zubereiten konnten. Die Steppe vor ihnen war so flach, dass man weit sehen konnte, ein Überraschungsangriff war dem Feind also nicht möglich. Leif hatte keinen Zweifel daran, dass sie siegreich aus dieser Schlacht hervorgehen würden.

Niemand kam. Erik hatte sich gewaschen und am Lagerfeuer platz genommen. Es war dunkel geworden und er hatte Wache gehalten, weil er nicht hatte schlafen können. Doch niemand war gekommen. Mittlerweile ging die Sonne wieder auf und immer noch konnte man keine Bewegung in der Graswüste erkennen. Leif ließ seine ungeduldigen Männer noch einen weiteren Tag warten. Unter anderen Umständen hätte dies zu einem Streit geführt, doch die meisten waren noch nie in diesem Land gewesen, deswegen hielten sie sich zurück. Der andere Teil vertraute Leif blind, er hatte schon ihre erste Reise geleitet und sie alle waren als reiche Männer zurückgekehrt. So verstrich ein weiterer Tag, ohne das etwas geschah.

Am dritten Tag ihres Aufenthaltes brachen sie früh auf. Ihre Schiffe ließen sie alleine zurück, denn niemand würde kommen und diese mitnehmen, da waren sie sich sicher. So ging es mit allen Männern durch die hohen Gräser Richtung Wald. Leif ließ sich zeigen, wo Erik und seine Begleiter die Männer versteckt hatten. Sie waren weg. Der Feind wusste also sehr wohl, dass sich jemand in seinem Land aufhielt, der dort nicht hingehörte. Dieser Umstand machte die Wikinger besonders wachsam. Nach dem Wald folgte erneut eine Wiesenlandschaft, doch diese hier war anders. Weit in der Ferne konnte man spitze Dächer in den Himmel ragen sehen. Rauch stieg auf. Die Siedlung schien nicht besonders groß zu sein. Um Bewegung erkennen zu können, waren sie aber noch zu weit entfernt. Leif teilte seine Männer in drei Gruppen. Der Plan war die Siedlung von drei Seiten anzugreifen und so die Bewohner zu umzingeln. Um nicht zu viel Aufsehen zu erregen, würden sie sich schon nach dem Wald aufteilen. Los gehen würde es, nachdem die Mittagssonne über sie hinweg gezogen war. So würden sie bei Einbruch der Nacht die Behausungen erreichen und zuschlagen können. Nachdem sie eine Rast gemacht hatten, ging es endlich los. Erik blieb zusammen mit seinem Onkel und seiner Tante in einer Gruppe, mit einer Handvoll weiterer Leute. Die Schilde erhoben und die Äxte in der Hand, schlichen sie halb geduckt durch das hohe Gras. Mit großen Schritten und ohne etwas zu sagen ging es immer weiter. Die anderen beiden Gruppen verlor Erik dabei schnell aus den Augen. Auch wenn man im Stehen über das Gras hinweg sehen konnte, war es schwer, sich zurechtzufinden. Erik war deswegen beunruhigt. Als auch noch die Erde anfing zu beben, blieb die kleine Gruppe stehen. Einige schauten sich hektisch um, doch Erik versuchte sich an Leif zu orientieren. "Schildwall!", befahl dieser ruhig. Im Einklang hoben alle ihre Schilde hoch, sodass ihr Oberkörper vor Angreifern geschützt waren. Das Beben wurde stärker und kam näher. Zwischen den Schilden konnte man die Umgebung beobachten, auch wenn man nicht besonders weit sehen konnte. Erik konnte erkennen, wie Pferde auf sie zugestürmt kamen. Innerhalb von wenigen Minuten hatten die Fremden sie eingekreist und stachen mit ihren Speeren auf den Schildwall ein. Sobald einer von ihnen ausbrach und versuchte mit seiner Axt auf eines der Pferde ein zu schlagen tänzelten diese mühelos zurück und wichen so den Angriffen aus. Unterdessen schafften es die Ureinwohner immer öfter, die Lücken ihres Schildwalles zu nutzen und sie mit ihren scharfen Speeren zu erwischen. Mit ihrer normalen Taktik würden sie nicht weiter kommen.

Gerade als Erik sich einmischen wollte, konnte er hinter den Pferden eine ihrer anderen Gruppen sehen. "Haltet durch", ermutigte Leif seine Männer. Während sie also einfach so weiter machten, wie vorher griffen ihre eigenen Leute aus dem Hinterhalt an. Mit lautem Gebrüll von hinten brachten sie die Pferde dazu, sich auf zu bäumen und ihre Männer ab zu werfen. Sobald die Männer zu Boden gefallen waren, wurde mit ihnen kurzer Prozess gemacht. Nun war es an der Zeit auch ihren Schildwall auf zu lösen. Mit lautem Gebrüll stürmten Leif und Saga auf die Pferde vor sich zu und griffen sie an. Zwei drei Leute zusammen rissen ein Pferd zu Boden. Erik, der sich in der Mitte des Schildwalles befand, musste sich gedulden, bis alle anderen sich in Bewegung gesetzt hatten. Dann warf auch er sich in das Getümmel. Lange dauerte es nicht, bis der Kampf endgültig vorbei war. Ein paar ihrer Männer waren gefallen, einige andere Mal leichter Mal schwerer verletzt. Zum Wunden lecken hatten sie allerdings noch keine Zeit, denn die Behausungen zu denen sie sich eigentlich auf gemacht hatten, waren nicht mehr weit entfernt. Dieses Mal ging es jedoch nicht geduckt durchs hohe Gras, sondern in eiligen Schritten vorwärts. Bei den merkwürdigen runden Hütten angekommen, stießen sie nicht mehr auf Gegenwehr. Die Frauen hatten sich in ihre Zelte zurückgezogen und hielten nun schützend ihre Arme vor ihre Kinder. Zusätzlich zu den Frauen und Kindern befanden sich einige ältere in den Zelten. "Treibt sie in der Mitte zusammen", befahl Leif. Augen für die Menschen hatte er nur bedingt. Ihn interessierte das Gold das viele von ihnen in ihren Häusern horteten. Auch dieses wurde in der Mitte der kleinen Siedlung zusammen getragen. Erik nahm eines der Goldstücke in die Hand und betrachtete es genauer. Es stellte ein Tier dar, einen großen Vogel mit einem riesigen Schnabel. Wofür es dienen sollte konnte er allerdings nicht ausmachen, deswegen legte er es wieder zurück. "Tötet die Alten, wir nehmen die Frauen und Kinder mit", beschloss Leif, nachdem er sich mit einigen seiner Männer besprochen hatte. Erik sah dabei zu, wie den Älteren die Kehle aufgeschlitzt wurde, sie hätten die einmonatige Rückfahrt wohl ohnehin nicht überlebt.

ELIJAH

Immer wieder war er fasziniert von der Andersartigkeit des fremden Landes. Das Meer, dass sie verband war dasselbe, doch sobald sie in den kleinen Hafen einfuhren, war es wie in einer anderen Welt. Die Menschen in dieser Welt trugen keine schweren Pelze, denn dafür war es bei ihnen viel zu warm, stattdessen trugen sie dünnen Leinenstoff in matten Farben. Sie lebten vom Handel, dass merkte man daran, dass die meisten von ihnen keine Waffen trugen und daran, dass ihr Hafen wesentlich besser ausgebaut war als der in seinem Heimatdorf. Es gab sogar Kräne, die die schwere Ladung aus den Booten an Land hob. Der wesentlichste Unterschied lag aber in ihrer Lebensweise. Die Frauen schienen nichts zu sagen zu haben und sie arbeiteten meistens auch nicht mit. Sie liefen mit einigen Abstand ihren Männern hinterher, den Blick stets gesenkt. Und angeführt wurde das Dorf von Männern in langen Gewändern. Sein Vater hatte ihm erklärt, dass sie vergleichbar waren mit ihren Priestern, allerdings sahen sie wesentlich harmloser aus. Sie waren nicht entstellt und hatten auch keine Tattoos. Im Gegenteil, sie waren bedeckt von einem langen Kleid in Dunkelbraun aus groben Stoff. Ihre Köpfe waren in der Mitte kahl und sie trugen alle ein Kreuz am Hals, dass wohl für ihren Gott stand. Wo sie beim nächsten Unterschied waren. Die Männer und Frauen hier glaubten nur an einen Gott. Elijah kam dies sinnvoll vor und gleichzeitig fragte er sich, ob dieser Gott sich wohl einsam fühlte, schließlich hatte er nicht eine ganze Familie bei sich, so wie Odin. Sein Vater jedenfalls hatte eine hohe Meinung von diesen Leuten. Früher einmal hatte er wohl versucht, mit seiner Familie hierher zu kommen, doch Edda hatte nie zugestimmt, sie wollte einfach bei ihren Schwestern bleiben. Elijah war seiner Mutter in diesem Punkt sehr dankbar. Die Leute hier wirkten nie wirklich glücklich, ganz anders als die freien Männer, zu denen sie gehörten. Manchmal fiel es ihm schwer zu glauben, dass sein Vater hier groß geworden war, auch wenn er immer wieder versuchte, ihnen die gleichen Ideale ein zu prügeln.

Nachdem das Schiff vertäut war, verscheuchte Elijah die vielen Gedanken in seinem Kopf. Wie immer würde er zu keinem Ergebnis kommen und sich nur von seiner Arbeit ablenken lassen. Sein

Vater hieß solch ein Verhalten nicht gut und es würde nur wieder Ärger geben. Während Kol an Land ging, reichte er ihm die Schafe und die Körbe voller Gemüse, die sie mitgebracht hatten. Danach schulterte er die Fälle und verließ ebenfalls das Boot. Zum Schluss half er Freya dabei auszusteigen. "Soll einer von uns dich begleiten?", fragte er nach. Sein Vater war vorgegangen, um mit einem der Mönche zu reden, so hießen die Männer in den braunen Kutten. Sie verwalteten, wer ankam und wer wo Handel treiben durfte. Freya war scheinbar noch ein wenig überfordert mit der neuen Situation, außerdem war sie ganz blass um die Nase, ganz offensichtlich war ihr die Fahrt nicht besonders gut bekommen. "Ich werde noch ein wenig bei euch bleiben, bevor ich mich auf den Weg mache", antwortete sie schließlich zögerlich. Elijah lächelte milde, dass sie seiner Frage ausgewichen war, störte ihn nicht. Er wusste, wie aufwühlend der erste Besuch sein konnte, und vermutete, dass Freya noch damit beschäftigt war sich zurechtzufinden. Er würde später darauf zurückkommen.

Als kleines Grüppchen ging es zusammen in Richtung Häuser. Die meisten waren aus Holz, sahen aber dennoch ganz anders aus als die Häuser ihres Dorfes. Sie waren nicht so lang und die Fenster waren wesentlich größer. Einige von ihnen waren sogar aus Stein. Das größte Gebäude war das Gotteshaus. Es war aus Stein, aber anscheinend war es noch nicht fertig. Für Elijah war dies aber auch vollkommen uninteressant. "Wir werden uns etwas zu Trinken und Essen holen", informierte er seinen Vater. Dieser schien nicht begeistert, doch als er Freya ansah, nickte er schließlich. "Aber geht nicht zu weit weg, das hier wird nicht mehr allzu lange dauern", ermahnte er. Der Bitte nachzukommen war kein Problem, denn schon wenige Meter weiter befanden sich Stände die Gemüse und Brot verkauften. Elijah orderte drei Stück Brot und an einem weiteren Stand drei Becher Bier. Beides bezahlte er mit fremden Goldmünzen, die er noch von seiner letzten Handelsreise behalten hatte. Kurz wurde mit Kol und Freya angestoßen. Das Bier schmeckte nicht so wie in ihrer Heimat, sondern irgendwie fad und verwässert, aber es würde seinen Zweck erfüllen und die anstrengende Fahrt erst einmal aus ihren Knochen spülen.

"Ich kann dich begleiten und Elijah hilft Vater, ich bin mir sicher, er hat nichts dagegen, solange es nicht zu lange dauert", schlug Kol schließlich vor. Freya sah immer noch ein wenig verunsichert aus.

"Ich habe Mutter eigentlich versprochen alleine zu gehen", offenbarte sie schließlich. Das schlechte Gewissen war ihr buchstäblich ins Gesicht geschrieben. "Aber es wäre mir lieber, wenn du mitkommen würdest", fügte sie hinzu, während sie einige Leute beobachtete. Elijah nickte. "Ich werde das schon mit Vater besprechen, er wird sicherlich auch nicht wollen, dass dir etwas zustößt", versicherte er. Die beiden brauchten sich also keine Sorgen machen. Nicht dass dieses Dorf ein besonders gefährlicher Ort wäre. Soweit Elijah das beurteilen konnte, passierte hier so gut wie nie etwas Schlimmes. Trotzdem konnte er verstehen, dass Freya verunsichert war und sich noch nicht zurechtfand. Eine einsame Frau würde auch unnötig für Aufsehen sorgen. "Wir sind so schnell es geht wieder da", versicherte Freya und gab ihm den leeren Becher zurück, Kol schloss sich ihr an und ließ zusätzlich die Waren bei ihm. Einen Moment lang sah er den beiden hinterher, dann gab er die drei leeren Becher wieder an den Verkäufer zurück und wandte sich zu seinem Vater, der nun endlich mit einem der Mönche sprach, um sie anzumelden. Mit Mühe und Not sammelte er all ihre Waren auf und folgte seinem Vater zu einigen der Händler.

FREYA

Aus irgendeinem Grund war ihr mulmig zumute, seit sie diese fremde Stadt betreten hatten. Die Menschen hier erschienen ihr komisch. So zurückhaltend und abweisend. Sie fühlte sich wie jemand, der hier nicht erwünscht war. Elijah und Kol schien es allerdings nicht so zu gehen. Vielleicht lag es daran, dass sie schon öfter hier gewesen waren oder aber weil Mikael von hier kam. "Danke das du mich begleitest, bestimmt wärst du lieber am Hafen geblieben", wandte sie sich an Kol. "Ich muss zu ein paar Frauen, die sich Nonnen nennen, Mutter meinte, ich werde sie schon finden", fügte sie hinzu. Kol grinste breit. Wie immer war er fröhlich und aufgeweckt. "Keine Sorge, ich mache das gerne. Unten wäre es sowieso viel zu langweilig geworden", versicherte er. "Die Nonnen sollten wir beim Gotteshaus treffen, man kann sie eigentlich nicht übersehen. Sie tragen lange dunkle Gewänder und auffällige Kopfbedeckungen", versicherte Kol. Auf dem Weg zur Kirche sah er sich oft um. Freya fragte sich, ob er nach etwas Ausschau hielt, doch sie wollte ihm nicht zu nahe treten. "Was hast du eigentlich für sie mitgebracht?", fragte Kol schließlich ganz beiläufig nach. Das unangenehme Gefühl in ihrem Magen verstärkte sich. Sie hatte klare Anweisungen von ihrer Mutter erhalten. Eigentlich hatte sie den drei Männern gar nichts sagen sollen. Alva wollte ihre Verwandten nicht in unnötige Panik versetzten. "Es geht nur um ein paar Kräuter. Ich soll ein paar Samen und getrocknete Kräuter austauschen. Alva will ihren Vorrat aufstocken", versuchte sie, zu erklären. Im Grunde stimmte das, doch irgendwie war das nicht die ganze Geschichte. In Freya machte sich ein schlechtes Gewissen breit. Sie mochte es ganz und gar nicht Geheimnisse vor ihren Angehörigen zu haben. Als sie bei der Kirche angekommen waren, blieb Freya stehen. Die Nonnen, wie die Frauen hießen, die sie suchte, waren wirklich nicht zu übersehen. Einige von ihnen arbeiten im Garten, der wohl zum Gotteshaus gehörte. "Du kannst ruhig schon einmal wieder zurückgehen, ich bin mir sicher, dass ich es alleine zurück zum Hafen schaffe, wenn ich fertig bin", versicherte sie Kol. "Gut, falls es zu lange dauert, werde ich noch mal nach dir sehen kommen", versprach er ihr. Anstatt sich aber zu entfernen wartete er darauf, dass sie sich in Bewegung setzte. Mit einem unangenehmen

Kribbeln im Nacken ging sie auf die arbeitenden Frauen zu.

"Verzeihung? Meine Mutter schickt mich. Alva Ivarsdotter", um ihre Worte zu unterstreichen, hob sie den kleinen Beutel in die Höhe, als eine der Nonnen aufschaute. Eine Antwort bekam sie allerdings nicht, stattdessen wandte sich die Frau an eine andere. Diese verschwand eilig aus Freyas Sichtfeld. Freya ließ den Beutel wieder sinken und drückte ihn an sich. Gerade bereute sie es, Kol weggeschickt zu haben. Sie wusste das einige in diesem Land nicht ihre Sprache verstanden, vermutlich sahen sie deswegen nicht gerade begeistert von ihrer Anwesenheit aus. Die Frau vor ihr war nicht besonders alt, vielleicht ein paar Jahre älter als Freya selbst und doch hatte ihr Gesicht etwas ernsthaftes und feindseliges. Als die weggelaufene Nonne mit einer weiteren wieder kam, war Freya erleichtert. Zwar wirkte auch diese Frau äußerst streng, doch gleichzeitig strahlte sie Sicherheit und Bestimmtheit aus. Freya war sich sicher, dass diese Frau ganz genau wusste, wo der Hase lang lief. "Ich bin Schwester Ubaldine", stellte sie sich vor. "Willkommen in unserem kleinen Orden." Freya runzelte die Stirn. Ihre Mutter hatte ihr erklärt, dass die Frauen zu denen sie gehen sollte in einer

Gemeinschaft zusammen lebten, mit dem Begriff Orden konnte sie allerdings nichts anfangen. "Verzeiht die Frage, aber was genau ist ein Orden?", überwand sie sich, nach einer langen Pause, nach zu fragen. Kurz lächelte die Schwester vor ihr. Es war kein fröhliches Lächeln, denn es erreichte nicht ihre Augen. "Begleite mich ein Stück", bat Schwester Ubaldine und deutete in den Garten, in dem die anderen Frauen immer noch arbeiteten. Vorsichtig warf Freya einen Blick über die Schulter. Immer noch wünschte sie sich, dass Kol bei ihr geblieben wäre, doch sie konnte ihn nicht sehen, also setzte sie sich in Bewegung. "Wir sind der Orden des allerheiligsten Erlösers, wir folgen den Regeln des heiligen Augustinus. Meine Schwestern und ich leben hier im Kloster und kümmern uns um die Anliegen der Dorfbewohner. Vor allem aber beschäftigen wir uns mit Heilkräutern und den seelischen Leiden der Menschen", erklärte die Nonne und blieb schließlich mitten im Garten stehen, um sich Freya zuzuwenden. "Wir heiraten nicht, denn wir dienen unserem Herrn", fügte sie zu ihrer Erklärung hinzu. Anscheinend wollte sie, dass Freya sich dazu äußerte, doch diese wusste nicht, was sie sagen sollte. Ihre Mutter hatte ihr erklärt, dass diese Frauen nur an einen Gott glaubten, der Name

Augustinus war dabei nicht gefallen, aber da Alva ihr eingebläut hatte, dass die Nonnen sich beleidigt fühlen könnten, wenn sie andere Götter erwähnte, ging sie davon aus, dass dies sein Name war. "Das klingt sehr interessant. Meine Mutter bat mich euch diese Samen zu überreichen, es sind Kräuter aus unserer Heimat", antwortete sie also und hob den Beutel wieder leicht an. Die Nonne nickte. "Wir hatten gehofft dass du sie mit uns anpflanzen und uns etwas über sie erzählen würdest", erklärte Schwester Ubaldine. Sie ging einige Schritte weiter und blieb schließlich vor einem leeren Bereich im Garten stehen.

"Gerne doch", meinte Freya mit einem Lächeln. In der Tat war die junge Frau erleichtert. Die angestaute Anspannung fiel mit einem Mal von ihr ab. Kräuter anbauen, das konnte sie. Die Aufgabe war leicht. Ihre Mutter und sie pflanzten jedes Jahr neue Kräuter und Freya kümmerte sich auch den Rest des Jahres gerne darum. "Wir haben euch Blauen Eisenhut mitgebracht. Ihr müsst aufpassen, bereits in geringen Dosierungen ist er giftig, aber wenn ihr in gezielt einsetzt, könnt ihr damit Erkältungen, Rheuma und Nervenschmerzen heilen", erklärte Freya, während sie einige Samen einsetzte.

Danach erklärte sie noch, wie die Pflanze gepflegt werden musste, wie man sie erntete und weiter verarbeitete. "Außerdem habe ich euch Moltebeeren mitgebracht. Ihr könnt sie so essen, oder aber gegen Rheuma, oder bei Magenbeschwerden verwenden. Unsere Männer nehmen sie gerne auf ihren Schiffsreisen mit, sie sind sehr nahrhaft", erklärte Freya weiter. Danach berichtete sie wieder, wie die Pflanze an zu bauen war. Schwester Ubaldine schien nicht so begeistert wie beim Eisenhut. Vermutlich war ihr die Bewirtschaftung der Moltebeere zu aufwendig, dafür dass der Ertrag so gering ausfallen würde. Als Freya fertig war mit dem Anbauen, erhob sie sich und klopfte sich die Erde von ihrer Kleidung. "Schwester Cantiana wird dir nun weiter helfen", erklärte die Nonne ihr und deutete auf eine andere Frau in schwarzen Gewändern. Sie befand sich ganz am Rand des Gartens. Niemand sonst stand bei ihr.

Wieder überkam Freya ein ungutes Gefühl, aber sie schob es darauf, dass sie nun schon wieder mit einer anderen Person konfrontiert wurde. Mit einem "Danke", verabschiedete sie sich von Ubaldine. Je näher sie der anderen Frau kam, desto schlimmer wurde der Geruch in der Luft. Nun wurde Freya klar, warum die andere Nonne so weit ab vom Rest ihrer Arbeit nachging. Freya musste sich zusammenreißen, um sich nicht die Nase zuzuhalten. "Schwester Cantiana?", fragte sie, als es nur noch wenige Meter bis zur Nonne waren. Diese schaute nur kurz auf. Vor ihrem Mund hatte sie sich ein Stück Stoff gebunden. Freya konnte das gut verstehen, doch sie bezweifelte, dass es wirklich half. "Komm näher Kind, ich zeige dir die Pflanze, nach der deine Mutter gefragt hat", erklärte sie. Ihre Mutter wartete in der Tat schon lange auf diese Pflanze, doch in den letzten Tagen schien das Anliegen dringender zu sein als vorher. Freya blieb neben der Frau stehen und sah sich das Kraut an. Es war hübsch, dafür das es einen bestialischen Gestank absonderte. Die blassgelbe Blüte war von schwarzen Adern durchzogen. Die Form der Blüten war trichterförmig. Freya war versucht, nach der Blüte zu greifen, doch Schwester Cantiana hielt sie auf. "Vorsicht, das Innere der Blüte ist sehr klebrig und zudem giftig", erklärte sie. Schwester Cantiana griff unter ihre Gewänder und reichte Freya eine Handvoll Samen. "Die sind aus dem letzten Jahr", begann sie zu erklären. Danach zeigte sie Freya, wie sie die Pflanze ernten konnte, ohne mit dem Nektar all zu viel in Berührung zu kommen. Außerdem zeigte die Schwester ihr, was sie daraus herstellten. Freya rieb sich ein wenig der Salbe, die Schwester Cantiana ihr gab, auf die Handfläche. "Es fühlt sich ganz merkwürdig an", kam es verwundert von ihr. Ihre ganze Hand kribbelte. "Es hilft gegen Geschwülste und wirkt Schmerzstillen", erklärte die Schwester. Während sie sprach, nahm sie das Tuch aus dem Gesicht und entfernte sich ein paar Schritte mit Freya. "Irgendetwas stimmt nicht", meinte diese. Es war nicht nur das unangenehme Kribbeln. Die Wirkung reichte viel tiefer. Freya versuchte, ihre Magie anzuzapfen, doch es gelang ihr nicht. Panisch versuchte sie, die Salbe wieder von ihrer Haut abzuwischen. Dabei vergaß sie vollkommen, dass sie sich unter Fremden befand. "Es unterdrückt deine Zauberkraft", flüsterte Schwester Cantiana ihr zu. Mit einem breiten Lächeln beobachtete sie Freyas vergeblichen Versuch, die Wirkung loszuwerden. "Es wird bis morgen anhalten", fügte sie hinzu. Freya konnte unterdessen nicht glauben, was sie da hörte. Sie würde einen ganzen Tag nicht zaubern können? Sie blickte zurück zu der schönen aber tödlichen Pflanze. Wieso wollte ihre Mutter so etwas in ihrem Garten haben? "Ich muss jetzt zurück, sonst machen sich meine Verwandten sorgen", erklärte sie eilig. Die Samen verstaute sie in dem kleinen Beutel, den sie mitgebracht hatte. Danach verschwand dieser in ihrer Kleidung. Sie wünschte, sie hätte die Salbe nicht ausprobiert. Zurück rannte sie fast. Ohne ihre Cousins fühlte sie sich einfach nicht in Sicherheit.

KOL

Freya zu begleiten war kein Akt der Fürsorge, auch wenn Elijah das vielleicht glauben mochte. Kol war neugierig, wieso Freya mit gefahren war. Er wollte selbst sehen, wo sie wohl hinging und was sie dort trieb. Auch als er sich verabschiedet hatte, hatte er dieses Vorhaben noch nicht abgeschrieben. Während Freya darauf wartete, von einer der Frauen am Rand des Gartens eingesammelt zu werden, hatte er sich nur scheinbar auf den Rückweg begeben. Schon nach wenigen Metern hatte er kehrtgemacht und sich in eine der kleinen Seitengassen versteckt. Wirklich toll war sein Versteck jedoch nicht. Am Ende der Gasse gingen einige Männer ihrer Arbeit nach. Sie bearbeiteten Felle. Eigentlich etwas für das Kol sich durchaus begeistern konnte, doch er konnte keinerlei Geschick in ihrem Werk sehen. Zudem husteten sie in regelmäßigen Abständen so laut, dass er nicht gänzlich mit bekam, worüber Freya sich mit der Fremden unterhielt. Als seine Cousine sich mit der Nonne entfernte schlich Kol von einem Versteck ins nächste. Zwar bekam er nun nicht mehr genau mit, was gesprochen wurde, doch er befand es auch nicht für besonders interessant. Freya hatte ja schon gezeigt, dass sie Samen von diversen Kräutern bei sich trug. Der Kräutergarten seiner Tante war durchaus nützlich, aber Kol war bereits vertraut mit diesem und zeigte deswegen kein besonderes Interesse am Geschehen. Kurz überlegte er sogar, zurück zu seinem Vater und seinem Bruder zu gehen. Spannend würde es dort allerdings auch nicht werden. Er entschied sich deswegen, doch zu bleiben, auch wenn er dem Geschehen nur noch halbherzig folgte. Erst als Freya mit einer anderen Nonne wieder zurückkam, wurde seine Neugierde erneut geweckt. Freya stand der Schrecken ins Gesicht geschrieben, als sie sich von dem Garten entfernte. Einen Augenblick lang blieb Kol stehen und beobachtete die Frauen in den schwarzen Kutten, doch sie verhielten sich genauso wie vorher auch. Als ob Freya gar nicht da gewesen wäre, gingen sie derselben Tätigkeit nach wie zuvor. Anstatt seine Zeit, weiter mit ihnen zu verschwenden, verließ er seinen Posten, um Freya zu folgen. Bei ihr angekommen tippte er der Älteren auf die Schulter. Erschrocken fuhr sie zusammen. Mit einem kleinen spitzen Schrei drehte sie sich zu ihm um. Kol zog eine Augenbraue hoch. Seine Cousine war durchaus schreckhaft, doch ihm erschien ihre Reaktion als übertrieben. "Keine Sorge, ich fress dich schon nicht", meinte er deswegen beschwichtigend und hob die Hände. Langsam schien Freya sich zu fangen und doch wirkte sie verwirrt. "Wo kommst du her?", fragte sie fast schon misstrauisch. Kol allerdings ließ sich davon nicht aus der Ruhe bringen. "Ich hab doch gesagt, ich komm noch mal nach dir schauen, wenn du zu lange brauchst. Aber du warst schon weg", erklärte er gelassen. Die Erklärung reichte, um Freya zu beruhigen. "Ist alles in Ordnung?", fragte Kol weiter. Freya war eine wahrlich schlechte Lügnerin, ganz anders als Alva oder Erik. Die beiden waren wie Loki, der Gott des Schabernacks. Sie konnten jedem alles verkaufen. Freya hingegen stand es immer ins Gesicht geschrieben, wenn sie zu Lügen begann. Aus irgendeinem Grund war es ihr unangenehm, nicht die Wahrheit zu sagen. Kol verstand nicht genau wieso. Zwar hasste er es, wenn er selbst nicht alles wusste, doch ansonsten hielt er es eher wie seine Tante und sein Cousin. "Nein, es ist alles gut", versicherte Freya zögerlich. Ganz offensichtlich eine Lüge. Zusätzlich zu ihrem in die Ferne schweifenden Blick verriet sie sich darin, dass sie sich die ganze Zeit die Hand an ihrem

Kleid abwischte. “Dann sollten wir zurückgehen, Vater fragt sich bestimmt schon, wo wir bleiben”, meinte Kol ganz locker. Freya sollte sich ruhig in Sicherheit wiegen, er würde schon noch heraus bekommen, was genau hier vor sich ging. Es war nur eine Frage der Zeit. Und von der hatte er wahrlich genug. Sie würden noch ein paar Tage hierbleiben. Sollte er es bis dahin nicht heraus gefunden haben würde Valdis sicherlich gerne weiter mit ihm nach Antworten suchen, wenn sie zurückgekommen waren. Vielleicht machte sie ja sogar Fortschritte. Immerhin hatte sie versprochen Alva weiterhin im Auge zu behalten und mehr über diesen Zauber in Erfahrung zu bringen.

VALDIS

Wer hatte behauptet, dass man Zuhause keinen Spaß haben konnte? Sicherlich war es nett, in die Ferne zu reisen, doch nicht mitzufahren bedeutete für Valdis noch lange nicht, dass sie nichts erleben durfte. Schon nach wenigen Tagen war ihr der Hof zu langweilig geworden, also hatte sie beschlossen in den Wald zu gehen, um zu jagen. Valdis hatte nichts dagegen alleine zu gehen, doch Klaus hatte sich bereit erklärt, sie zu begleiten. Mit ein wenig Verpflegung und mit Pfeil und Bogen ausgestattet machten sie sich also auf den Weg. Klaus ging vor und schlug tatsächlich den Weg zum Wald ein. "Ich dachte du benutzt das nur als Ausrede um deine Freundin wieder zu sehen", meinte sie neckend, während sie ihm folgte. Klaus schnaubte. "Ich habe keine Ahnung, wovon du redest", versicherte er. Valdis konnte bei diesen Worten nur lachen. "Gyda hat es genau gesehen. Ach komm schon, ich bin doch nicht Edda", trällerte sie. Klaus hielt vor seiner eigenen Familie immer gerne mit allem hinter dem Berg. Rebekah machte sich zumeist lustig über Klaus und seine Beziehungen, dabei war sie nicht besser und hatte andauernd eine andere Liebschaft. Valdis und Gyda sahen das nicht so eng. Auch wenn ihre Eltern eine langjährige Beziehung führten, waren sie sehr offen, so wie die meisten in ihrer Gemeinschaft. Wenn einem jemand gefiel, vergnügte man sich eben mit ihm, es musste nichts für immer sein. "Sie heißt Smilla", meinte Klaus schließlich. Er klang angespannt, als ob er schon auf ihren Spott wartete, doch Valdis hatte nicht vor sich über ihn lustig zu machen. "Freya war mal mit ihrer Zwillingsschwester Svenja befreundet, oder?", fragte sie nach. Klaus zuckte mit den Schultern. "Das hab ich sie nicht gefragt", gestand er. Valdis grinste und holte zu ihm auf. "Nicht? Dabei dachte ich, dass es dann doppelt gut werden würde", scherzte sie. "Du weißt, dass das die Töchter des Jarls sind?", fragte sie nun ernster nach. Klaus warf ihr von der Seite einen ungläubigen Blick zu. "Der Jarl hat doch nur Söhne", korrigierte er sie. Doch Valdis ließ sich nicht beirren. "Mit seiner jetzigen Frau ja, aber ihre Mutter ist immer noch allein und wenn sie unbeobachtet ist, kann man sehen, wie sie den Jarl ansieht", berichtete sie. "Was du nicht immer alles zu sehen glaubst", schnaubte Klaus. Valdis lächelte und folgte ihm einfach weiterhin. Sie würde es auf sich beruhen lassen, denn auch wenn er es verdrängte, tief im Inneren war er sicherlich gerade zu dem selben Schluss gekommen wie sie.

Drei Tage lang liefen sie bereits immer tiefer in den Wald hinein. Bis auf einen Hasen hatten sie noch keine Beute gemacht. Zwar hatten sie ein Reh gesehen, doch es hatte Jungtiere bei sich gehabt, weshalb sie sich entschlossen hatten es nicht zu schießen. Insgeheim hoffte Valdis ja darauf, einen Bären zu finden, den sie erlegen konnten, doch der Weg zurück wurde langsam so weit, dass es sich nicht lohnen würde. Schließlich würden sie zu zweit das große Tier niemals zurück nach Hause tragen können. "Mir ist langweilig", beschwerte Valdis sich, nachdem sie das Feuer für die heutige Nacht angezündet hatten. Es würde noch lange dauern bis es dunkel wurde, aber schon seit gestern stand die Überlegung im Raum wieder zurückzugehen. Klaus schien sich aber noch dagegen zu sträuben. Valdis konnte das gut verstehen. Rebekah war eben nicht die unterhaltsamste Gesellschaft, wenn die eigene Mutter die ganze Zeit ein wachsames Auge auf einen hatte. "Zuhause hättest du auch nichts Besseres zu tun", erwiderte Klaus also nur und goss Valdis Tee auf. Die Blätter hatte ihre Tante Alva ihnen zusammen gestellt. Valdis nahm einige Schlucke und sah dann dabei zu wie die Kräutermischung in ihrem Becher auf und ab wippte. "Wir könnten einen Übungskampf machen", schlug sie vor. Zu zweit war das Ganze zwar nicht so witzig, aber es war das unterhaltsamste, was ihr einfiel. "Von mir aus, aber keine üblen Zaubertricks", forderte Klaus und stand auf.

Während ihre Bögen an dem umgekippten Baumstand lehnten, auf dem sie eben noch gesessen hatten, waren die beiden nur mit einer Axt bewaffnet. Normalerweise fanden Übungskämpfe zusätzlich mit einem Schild statt, doch für die Jagd war dieses viel zu umständlich, deswegen hatte keiner von ihnen eins mitgenommen. Valdis störte dies jedoch nicht. Durch ihre Magie war sie in der Lage, im Zweifelfalls jede Wunde heilen zu können, solange sie nicht zu groß war. Zusätzlich vertraute sie natürlich darauf, dass Niklaus es nicht übertrieb. Zurückhalten sollte er sich allerdings auch nicht.

Anstatt auf den ersten Streich ihres Cousins zu warten ging Valdis in die Offensive. Ihr Vater hatte ihr und Gyda schon von klein auf das Kämpfen beigebracht. Mikael hingegen befand es oft als unnötig und barbarisch. Zwar konnten seine Söhne ebenfalls mit der Axt umgehen, doch Rebekah erlaubte er nicht wirklich zu üben. Leif hatte angeboten, das Training zu übernehmen, doch Mikael hatte dies als Beleidigung empfunden. Alva hingegen hatte Leif erlaubt, ihre Kinder zu trainieren, wenn auch unter strenger Aufsicht. Valdis jedenfalls befand, dass ihr Vater der beste Kämpfer ihrer Gemeinde war, und so nutzte sie alle Tricks und Tipps, die er ihr beigebracht hatte. Sie nutze ihre nicht vorhandene Größe um unter Klaus Angriff ab zu tauchen und ihn mit der stumpfen Seite der Axt am Brustkorb zu treffen. Danach brauchte es nur eine halbe Drehung und ein paar tänzelnde Schritte um ihn von hinten anzugreifen. Doch Klaus war nicht dumm. Auch wenn er nicht so viel Routine hatte wie Valdis, hatte er oft genug bei ihren Übungen zugeschaut. Er wusste ganz genau wie sie sich bewegte und hoffte so den ein oder anderen Täuschungsversuch ihrer seits zu durchschauen. Eine Weile ging der Schlagabtausch hin und her. Immer mehr steigerten die beiden sich in den Kampf hinein und überlegten wie er ablaufen würde wenn vor ihnen wirklich der Feind agieren würde. So geschah es, dass Klaus vergaß, wie viel Kraft er in den Schlag steckte und Valdis mit voller Wucht an der Hüfte traf. Unter einem Schmerzenslaut ließ sie ihre Axt fallen und kippte nach vorne. Unter Zischen und Fluchen drückte sie ihre Hand auf die Wunde.

Für einen Augenblick war Klaus erstarrt. Blut lief seine Hand hinunter und tropfte auf den Boden. Dann ließ er seine Waffe fallen und ging einige Schritte auf Valdis zu. "Es tut mir leid, das wollte ich nicht", entschuldigte er sich ehrlich und half ihr auf. Mit nur wenigen Schritten waren sie wieder bei ihrem kleinen Lager angekommen. Dort setzte er Valdis auf dem Baumstamm ab und hockte sich neben sie. Sie hatte die Augen geschlossen und murmelte einige Worte. Ihr Gesichtsausdruck wurde dabei immer verbissener. Irgendetwas stimmte nicht. Als sie die Augen wieder aufschlug, konnte Klaus Verärgerung darin erkennen. "Es funktioniert nicht", beschwerte Valdis sich. Doch Klaus sah sie nur verwirrt an. "Meine Magie sie funktioniert nicht", wiederholte sie also. Es dauerte einige Sekunden, bis er begriffen zu haben schien, was sie sagte. Valdis war so wütend, am liebsten hätte sie ihn angeschrien, doch Klaus konnte überhaupt nichts dafür. "Gib mir etwas zum verbinden", bat sie dennoch ein wenig bissig. Das sie nichts dabei hatten, spielte dabei gerade keine

Rolle. Valdis verstand nicht, was los war und sie wusste nicht, was sie tun sollte. Klaus übernahm also die Führung. Er riss ein Stück Stoff von seinem Oberteil ab und band die Wunde damit ab. "Wir sollten uns auf den Rückweg machen", beschloss er. Valdis wollte widersprechen. Es würde bald dunkel werden, die Sonne hatte bereits angefangen, unterzugehen und ohne die Sicherheit des Lagerfeuers würden sie vielleicht angegriffen werden, doch sie hatte sich noch nie so schutzlos gefühlt also nickte sie nur. Sie sah Klaus dabei zu, wie er ihre Sachen zusammen packte. Er verstaute ihre Axt an ihrem Gürtel, während er ihren Bogen an sich nahm. Dann löschte er das Feuer und half ihr beim aufstehen. Wie eine alte Frau ließ sie sich stützen. Erst nach einigen Metern löste sie sich von ihm. "Ich schaffe das schon", versicherte sie. Ihre Eltern hatten sie zu einer stolzen Frau erzogen. Sie würde es nicht zu lassen solch ein jämmerliches Bild abzugeben. Den Schock hatte sie allerdings noch nicht verdaut. Valdis war sich nicht sicher, ob sie etwas falsch gemacht hatte oder ob die Götter sie straften. Sie hoffte, dass sie es herausfinden würde, wenn sie wieder am Hof waren. Alva würde sicherlich wissen, was zu tun war.

NIKLAUS

Immer wieder sah Klaus in der Dunkelheit hinter sich. Er befürchtete Valdis noch abzuhängen, obwohl er schon so langsam ging, wie er konnte. Mittlerweile waren sie fast die ganze Nacht durchgelaufen. Bald würde es schon wieder Tag werden. Doch Klaus traute sich nicht stehen zu bleiben, dabei konnte er sehen, dass es Valdis von Stunde zu Stunde schlechter ging. Sie versuchte, sich nichts anmerken zu lassen, doch seit gut zwei Stunden konnte sie die Anzeichen nicht mehr verstecken. Ihr stand der Schweiß auf der Stirn und ihre Haut war aschfahl. Klaus war sich sicher, dass sie Fieber hatte. Alles Anzeichen für einen Wundbrand. Falls er richtig lag, mit seiner Vermutung, zählte jede Stunde. Sie mussten schnell zurückgehen. Ansprechen wollte er seinen Verdacht aber nicht. Bis jetzt hatte Valdis jedes Gespräch das sich um ihren Zustand drehte zurückgewiesen. Es ging ihr gut, hatte sie beteuert. Also hatte er aufgehört darüber zu reden. Sich zu viele Sorgen zu machen würde nur eine ungute Stimmung verbreiten, die sie gerade nicht gebrauchen konnten. Als jedoch die Sonne über sie hinweg wanderte und Valdis immer öfter strauchelte, hielt er doch an einer kleinen Lichtung an. "Wir sollten ein paar Stunden rasten. Du schläfst, ich werde wach bleiben", erklärte er, während er die Bögen ablegte. Sie hatten Felle mit genommen, die sie zusammen gerollt hatten. Damit richtete er ihr ein Lager her. Dass sie nicht protestierte, zeigte ihm, wie schlecht es ihr bereits ging. "Ich werde danach Wache halten", versprach sie nur. Klaus ließ ihre Worte so stehen.

Obwohl sie sich direkt auf den Weg gemacht hatten, dauerte der Weg zurück eine Ewigkeit. Drei Tage hatten sie gebraucht, um sich tief in den Wald hinein zu arbeiten, nun brauchten sie fast doppelt so lange um wieder zurückzugehen. Valdis Zustand verschlechterte sich mit jedem Schritt, oder zumindest kam es Klaus so vor. Die Wunde hatte sich entzündet. Sie war rot und die Haut um sie herum war geschwollen. Unter der Oberfläche der Wunde konnte man den gelben Eiter sehen. Doch weder Klaus noch Valdis trauten sich, die Wunde erneut zu öffnen und den Eiter ab zu lassen. Valdis unterdessen stolperte mehr vorwärts als das sie ging. Als sie den Wald verließen, war Klaus erleichtert. Voller neuer Zuversicht wandte er sich um. Valdis war nicht zu sehen. "Valdis?", rief er und lief eilig zurück. Zwischen den letzten Bäumen lag sie am Boden. Klaus zögerte keine Sekunde. Er streifte die Bögen und das Gebäck von seinem Rücken. Danach griff er unter Valdis Körper und hob sie hoch. Obwohl er vollkommen erschöpft war, rannte er, so schnell ihn seine Beine trugen zurück zu ihrem Hof. "Alva! Gyda!", rief er schon von Weitem, bis ihm die Kehle wehtat. Bei den Häusern angekommen gaben seine Beine nach und mit Valdis zusammen, fiel er in den Staub ihres Hofes. Innerhalb von wenigen Sekunden war er umzingelt von Alva, Rebekah und Gyda. Sogar seine Mutter stand plötzlich vor ihm. Noch schlimmer war jedoch, dass alle gleichzeitig auf ihn Einredeten. Dabei war sein Gehirn gerade nicht einmal ansatzweise in der Lage das Gesprochene zu verarbeiten. Rebekah rüttelte an seiner Schulter, während Gyda ihm Valdis aus dem Arm zog. Hilflos musste er dabei zu sehen wie Alva und Gyda versuchten Valdis zum Aufwachen zu bewegen, doch sie regte sich nicht.

"Nik!", schrie seine Schwester ihm unterdessen ins Ohr. Geistesabwesend wandte er sich Rebekah zu. "Nik, was ist passiert?", fragte diese erneut.

"Wir waren jagen und da hab ich sie verletzt", brach es schließlich aus ihm raus. "Sie konnte sich nicht heilen und dann sind wir zurück...", zum Schluss versagte ihm die Stimme. Sie waren doch so nah dran gewesen. Er verstand immer noch nicht ganz, was vor sich ging. Doch Valdis rührte sich immer noch nicht. Langsam dämmerte es Klaus. Seine Cousine war tot.

Von einem Moment auf den nächsten brach es über ihn herein. Seine Augen brannten, doch er konnte nicht weinen, so gerne er auch wollte. Sein Brustkorb zog sich zusammen und raubte ihm den Atem. Jeder einzelne Muskel in seinem Körper schmerzte. Einen Augenblick später schnappte er nach Luft und richtete sich auf. "Ich werde noch unsere Sachen holen", meinte er schnell und wandte sich um, um zurück zum Wald zu gehen. Mit großen Schritten ging er also zum Waldrand zurück. Er brauchte Zeit für sich. Seine Familie erstickte ihn in diesem Moment.

GYDA

"Mach doch irgendetwas", schrie sie ihre Tante an. Alva hatte Valdis nur kurz angesehen und dann den Kopf geschüttelt. Gyda war klar, was diese Geste bedeuten sollte, doch akzeptieren wollte sie das nicht. "Ich kann nichts mehr tun", kam es ruhig von Alva. Doch auch das wollte Gyda nicht glauben. "Doch das kannst du", widersprach sie also. "Du musst", fügte sie hinzu. Allerdings ging ihr dabei bereits langsam der Elan aus. Alva würde nicht einmal versuchen, ihrer Schwester zu helfen. Hilfesuchend sah sie auf. Rebekah und Edda hatten sich einige Meter entfernt. Edda hielt ihre Tochter im Arm. "Ach und mehr wollt ihr nicht tun?", schrie Gyda sie wütend an. Tränen rannen ihr mittlerweile die Wange hinuntern und verschleierten ihre Sicht. Die Blicke ihrer Verwandten waren wie Messerstiche in ihrem Herzen. Kurz entschlossen hob sie Valdis hoch und trug sie in ihr Haus, um sie auf ihr Bett zu legen. Sie kniete sich neben sie und strich ihr das Haar aus dem Gesicht. Immer noch war ihre Schwester vollkommen blass, doch sie sah nicht leidend aus. Im Gegenteil. Sie hatte denselben

Blick wie ihre Mutter aufgesetzt, wenn diese sich unbedingt mit ihrer Meinung durchsetzen wollte. Gyda vergrub das Gesicht in Valdis Brust und schluchzte. "Es tut mir leid", war alles, was sie zu ihrer Schwester sagen konnte.

So blieb sie sitzen eine ganze Ewigkeit lang. Onyxia, Valdis Katze, hatte sich mit einem lauten Miauen zu ihr gesellt. Sie hatte sich dicht an Gyda gepresst, als wollte sie ihr bestehen. Als sie sich beruhigt hatte, war die Sonne bereits untergegangen. Tief atmete Gyda ein und aus. In den letzten Stunden hatte ihr Kopf wieder angefangen zu denken und eine Frage ließ ihr keine Ruhe.

Wie hatte das geschehen können?

Valdis war eine gute Kämpferin, Verletzungen blieben allerdings nie aus. Dennoch hätte Valdis sich normalerweise einfach mit ihrer Magie geheilt. Sicherlich war sie nicht so gut wie Alva oder deren Kinder, aber um eine Wunde zu heilen, hätte es vollkommen ausgereicht. Dumpf drang Klaus Stimme an ihr Ohr. Eben hatte sie nicht richtig zugehört, aber sie erinnerte sich noch ganz genau daran, was er zu Rebekah gesagt hatte. Ihre Schwester hatte nicht zaubern können. Aber wieso? Entschlossen herauszufinden was geschehen war, richtete sie sich auf und wischte sich die Tränen aus dem Gesicht. Sie hatte Kopfschmerzen und die frische Luft brannte in ihrer Lunge, als sie das Haus verließ. Weiter hinten am Hof hatten sich Alva, Edda und Rebekah immer noch zusammengerottet. Wahrscheinlich besprachen sie sich, doch das war Gyda egal. Niemand von ihnen würde es wagen Valdis auch nur einen Millimeter zu bewegen, also ignorierte sie die Drei und schlug den Weg Richtung Wald ein. Ihr erster Impuls war es Klaus anzuschreien, denn nach der Trauer hatte die Wut besitzt von ihr ergriffen, doch als sie ihm im Gras sitzen sah, verflog ihr Zorn. Während sie auf ihn zu ging, wurde ihr klar, wie er sich fühlen musste. Er sah vollkommen fertig aus. Sie mussten Tage lang durchgewandert sein. Die Verletzung, die Valdis erlitten hatte, stammte vermutlich von ihm und sie hatte Valdis dahin gerafft. Und nun hatte seine Familie ihn auch noch alleine gelassen. "Was ist passiert?", fragte sie mit kratziger Stimme, als sie bei Niklaus angekommen war. Anstatt wütend klang sie nur noch verzweifelt. Und genau so fühlte sie sich auch. Kraftlos und leer. Außerdem wollte sie Trost. Ihre Eltern waren nicht da. Alva benahm sich kalt und abweisend, wie so oft in schweren Situationen und Edda wirkte wie jemand, der sich vor ihr fürchtete, als würde sie ihr den Kopf abschlagen. Gyda ließ sich deswegen neben Klaus ins Gras fallen. Ganz dicht setzte sie sich neben ihn und legte ihren Kopf auf seiner Schulter ab.

Eine ganze Weile saßen sie regungslos nebeneinander. Gyda wollte immer noch wissen, was vorgefallen war, doch sie ließ Klaus die Zeit, die er brauchte. "Sie konnte nicht zaubern, wir haben beide nicht verstanden wieso", erklärte er schließlich. Seine Stimme war dabei nicht besonders laut und so musste sie sich anstrengen seinen Worten zu folgen. "War irgendetwas anders als sonst?", fragte sie nach und löste sich von ihm um ihn von der Seite aus an zu sehen. Klaus schwieg erneut, dann zuckte er mit den Schultern. "Wir haben einen Hasen erlegt und Übungskämpfe gemacht, sonst war eigentlich nichts. Wir haben von den Rationen gelebt, die wir mitgenommen haben und die Alva uns gegeben hat", berichtete er, dann stand er auf und sammelte die Sachen zusammen, die er zurückgelassen hatte. Gyda erhob sich ebenfalls zögerlich. "Alva hat euch was mit gegeben?", fragte sie ungläubig nach. Davon hatte sie gar nichts mitbekommen. "Ja, Kräuter für einen Tee", bestätigte Klaus. Ihn schien das nicht zu wundern.

"So etwas macht sie normalerweise nur im Winter", stellte Gyda jedoch fest. Es half gegen die Kälte und die Heilkräuter, die Alva darunter mischte, halfen dabei nicht zu erfrieren. Jetzt aber war es viel zu warm dafür. Ohne darauf zu warten, dass Klaus mitkam, machte Gyda sich auf den Weg zurück zu ihrem Hof. Dort angekommen war niemand mehr draußen, jeder hatte sich bereits in sein Haus zurückgezogen. Mit großen Schritten wurde der Hof deshalb von ihr überquert. Klaus hatte derweil zu ihr aufgeholt. Wütend klopfte sie an Alvas Tür. "Mach auf", beschwerte sie sich, dabei brauchte Alva nicht länger als sonst um die Tür zu öffnen. "Was waren das für Kräuter, die du Valdis und Klaus mitgegeben hast?", fragte sie nach. Alva blickte an Gyda vorbei zu Klaus. "Das war eine einfache Kräuterteemischung", versicherte Alva. "Lüg nicht!", schrie Gyda sie an. Die Wut war mit voller Wucht zurückgekehrt. "Valdis hätte ihre Wunde normalerweise mit Magie geheilt und dann wäre ihr nichts passiert!", kam es bestimmt von Gyda. Um ihre Worte zu verdeutlichen, machte sie einen Schritt auf ihre Tante zu und betrat ihr Haus. "Ich habe euch schon immer gesagt, dass ihr euch nicht auf eure Magie verlassen sollt", kam es ruhig von Alva. Ihre Art machte Gyda nur noch wütender. “Was hast du in den Tee getan?”, fragte Klaus nun ebenfalls nach. “Du hast sie ihr weggenommen, oder?”, fragte Gyda nach, so langsam dämmerte es ihr. Ihr Blick schweifte durch den Raum, doch sie konnte keine fremdartigen Kräuter erkennen, also blieb er wieder an Alva hängen. “Wieso hast du ihr die Magie weggenommen?”, fragte sie weiter. Alva schien genervt. “Ihr habt doch gar keine Ahnung. Dein Vater hat dafür gesorgt, dass wir es mit einem unbekannten Fluch zu tun haben und so viel Magie, wie dafür aufgebracht wurde, sind nicht nur er und seine Begleiter davon betroffen, sondern auch all ihre Nachkommen”, fing Alva nun ihrerseits an sich zu beschweren. “Dein Vater bringt nur Unheil über dieses Land mit seiner überheblichen Art!”, wetterte sie weiter. Gyda war sprachlos. Sie wusste, dass ihr Vater und Alva sich nicht gut verstanden, doch so viel blanker Hass war ihr noch nie entgegengebracht worden. “Du bist Schuld, dass Valdis tot ist”, kam es schließlich kühl von ihr. “Du wirst das meinen Eltern erklären müssen”, fügte sie noch frostiger hinzu. “Wag es ja nicht, zu ihrem Begräbnis zu kommen!” Mit diesen Worten schritt sie an ihrer Tante vorbei. Das Thema hatte sich für Gyda erledigt. Alva war für sie gestorben.

NIKLAUS

Er konnte einfach nicht schlafen. Sobald er die Augen schloss, sah er wieder Valdis regungsloses Gesicht vor sich. Wenn er wach war hingegen, hatte er die ganze Zeit Alva vor Augen. Klaus fühlte sich schlecht, weil er derjenige war, der Valdis verletzt hatte, Alva hingegen schien die ganze Angelegenheit kalt zu lassen. Als hätte sie rein gar nichts damit zu tun. Mit einem schweren Seufzer warf Klaus die Decke von sich und stand auf. Auf leisen Sohlen verließ er ihr Haus und schlich nach draußen. Dort ging es ihm sogleich besser. Er hatte das Gefühl viel mehr Luft zu bekommen und fühlte sich außerdem befreiter. Eigentlich war sein Vorhaben gewesen bei Gyda und Valdis vorbei zu schauen. Gyda hatte beschlossen, ihre Schwester erst morgen zu beerdigen, doch sicherlich fand sie genauso wenig Ruhe wie er. Doch irgendetwas hinderte ihn daran, sich dem Haus noch weiter zu nähern. Vielleicht wollte Gyda auch lieber alleine sein. Er könnte es nur zu gut verstehen. Während er unschlüssig zwischen den Häusern hin und her wanderte, wurde Klaus innerlich immer unruhiger.

Seine Haut fing unangenehm zu Kribbeln, ein paar Minuten später fühlte es sich an wie hunderte von Nadelstichen. Immer wieder wurde ihm schummrig vor Augen. Sein Herz schlug unglaublich schnell, obwohl er versuchte, ruhig zu bleiben. Als auch noch seine Muskeln anfingen zu brennen, wie Feuer, machte Klaus sich auf den Weg zu Alvas Haus. Seine Tante hatte vielleicht noch mehr in diesen Kräutertee gemischt. Klaus hatte zwar nicht wirklich viel davon getrunken, aber anders konnte er sich die Reaktionen seines Körpers nicht erklären. Weit kam er jedoch nicht. Mitten auf dem Feld zwischen den drei Häusern brach er unter einem Schmerzensschrei zusammen. Sein Magen verkrampfte sich und er hatte das Gefühl, sich übergeben zu müssen doch so sehr er auch keuchte und würgte es kam nichts. Seine Muskeln fühlten sich an, als würden sie in alle Richtungen gleichzeitig auseinander gezogen werden. Sein ganzer Körper verkrampfte. Ihm war heiß, doch schon im nächsten Moment fröstelte er. Immer wieder versuchte Klaus sich aufzurappeln und weiter zu gehen doch die Sicht verschwamm vor seinem Blickfeld. Mehr kriechend als laufend und vollkommen orientierungslos schaffte er es bis zum Rand ihres Grundstückes. Dort wurde es noch schlimmer. Die Knochen in seinem Brustkorb brachen wie von Geisterhand. Er bekam keine Luft mehr. Hilflos kauerte er sich zu einer Kugel zusammen. Klaus ergab sich seinem Schicksal. Es sollte einfach nur aufhören. Doch das tat es nicht. Nach den Knochen in seinem Brustkorb gaben nun auch die Knochen in seinen Armen und Beinen nach. Anstatt es bei den gebrochenen Gliedern zu belassen schienen sie sich allerdings wieder zu regenerieren. Er konnte spüren, wie sich sein Körper umformte. Seine Nägel wurden zu Krallen und seine Haut wurde nach und nach von Fell bedeckt. Klaus wollte sich erneut aufrichten. Er schrie. Genau in diesem Moment schien sein Brustkorb auseinander zubrechen. Sein Gesicht barst auseinander. Die Schreie wurden zu einem tiefen Grollen und seine Sicht veränderte sich erneut. Obwohl schwere Wolken den Himmel verhangen und dafür sorgten, dass niemand auch nur die Hand vor Augen sehen konnte, sah Klaus alles vollkommen scharf. Auch alle anderen Sinne waren schärfer. Er konnte das Rascheln der Tiere im nahe gelegenen Gras hören. Er konnte die Kräuter in Alvas Haus riechen. Und er konnte seinen Körper nun ganz deutlich spüren. Die Schmerzen waren verschwunden. Alles, was übrig geblieben war, war eine neue Dynamik. Und Hunger. Er wollte seine Zähne in ein saftiges Stück Fleisch hinein schlagen. Einen Augenblick lang fixierte er Alvas Haus. Es wäre ein leichtes einfach durch die Tür zu springen und ihr die Kehle aufzureißen. Er konnte es ganz deutlich vor seinem inneren Auge sehen, er konnte das Blut auf seiner Zunge schon schmecken, doch dann entschied etwas in ihm sich anders. Es zog in weit weg von den Häusern, tief in den Wald hinein.

Blutmond

DU

Während Gyda erzählt hat, hast du nur mit halbem Ohr zugehört. Viel zu sehr warst du damit beschäftigt mit anzusehen, wie ein Vampir nach dem anderen zum Leben erwachte. Erst hatten sie sich nur hin und wieder geregt, doch mittlerweile waren sie aufgestanden. Sie brauchten sich nicht einmal vorstellen, durch die Erzählung wusstest du ganz genau wer vor dir stand. Klaus war als Erstes aufgewacht und hatte sich über deine Anwesenheit beschwert. Elijah war der Nächste gewesen. Mit seinem Erwachen war wieder Ruhe eingekehrt. Kol hatte dir keine Beachtung geschenkt und Rebekah hatte sich nur über ihre steifen Glieder beschwert. Der Mann, der hinter Gyda lag, kam bis jetzt in ihrer Erzählung noch nicht vor. Nun standen sie vor dir. Du hast einen Kloß im Hals. Einerseits freust du dich, weil es Vampire wirklich gibt. Das hier konnte einfach kein Streich sein. Andererseits fürchtest du dich. Ihre Blicke sind hungrig. "Euer Essen wartet oben", dringt Gydas Stimme an dein Ohr. "Ich an eurer Stelle würde mich beeilen, bevor sie wieder verschwinden", fügt sie noch hinzu. Für eine Sekunde schließt du die Augen und als du sie wieder öffnest, sind alle bis auf Gyda verschwunden. Erleichtert atmest du aus. Du kannst immer noch nicht glauben, dass du noch lebst. "Komm mit", befielt Gyda dir. Zögerlich stehst du auf. Du kannst dich regen, aber Weglaufen kannst du nicht, da bist du dir sicher. Aber selbst wenn du gewollt hättest, hättest du wohl keine Chance gehabt. Vor allem weil deine Beine wie Espenlaub zittern. Du bist überrascht davon, dass du überhaupt dazu in der Lage bist der Vampirin zu folgen. "Wolltest du mir nicht erzählen, wie ihr Vampire geworden seid?", fragst du mit zitternder Stimme, um dich abzulenken. "Ja wollte ich, die Geschichte ist fast bei ihrem Höhepunkt angekommen", versichert sie dir, während sie zielstrebig durch die Dunkelheit schreitet. Dir bleibt nichts anderes übrig als ihr hinterher zu stolpern.

GYDA

Gyda hatte die Nacht in einem komatösen Zustand verbracht. Zwar vertraute sie Alvas Mittelchen eigentlich nicht mehr, dennoch hatte sie auf eines davon zurückgegriffen. Es war ein Schlafmittel, das ihr schon früher geholfen hatte. Nach der wenig erholsamen Nacht hatte Gyda sich bereits früh am Morgen auf den Weg gemacht, um ein Grab für Valdis auszuheben. Ein wenig Abseits von ihrem Haus und doch noch in sichtbarer Nähe machte sie sich ans Werk. Nachdem das Loch die richtige Tiefe erreicht hatte, ging sie den Leichnam ihrer Schwester holen. Zusätzlich legte sie einige von Valdis Lieblingsstücken neben sie. Zum Schluss beschloss sie Valdis Armreif als Erinnerung an sich zu nehmen. Danach nahm Gyda sich einen Moment für sich. Sie war traurig, dass ihre Eltern nicht hier waren, doch es konnte noch Wochen dauern, bis die beiden zurückkehrten und so lange konnte sie schlecht mit dem Begräbnis warten. Gyda fasste sich deswegen ein Herz und schüttete das Grab schließlich zu. Als sie anfing, die Steine nach und nach auf dem Grab zu stapeln, gesellten sich auch Edda und Rebekah zu ihr. Ein wenig weiter weg konnte sie Alva erkennen. Gyda gefiel ihre Anwesenheit nicht und doch versuchte sie, Alva zu ignorieren. Eines jedoch fiel ihr auf. "Wo ist Klaus?", fragte sie. Sie konnte sich nicht vorstellen, dass ihr Cousin absichtlich nicht zum Begräbnis kam. "Ich dachte, er wäre bereits hier", gab Edda zu. Suchend sah sie in die Ferne. "Zuhause war er jedenfalls nicht", merkte nun auch Rebekah an. Gyda fixierte Alva. Diese setzte sich schließlich in Bewegung und schloss zu ihnen auf. "Er ist gestern in den Wald geflüchtet, als Wolf", erklärte sie und sah dabei Gyda an. "Dein Vater ist Schuld an diesem Unheil, ich habe euch vor dem Fluch gewarnt", fügte sie hinzu. Gyda hielt dem Blick ihrer Tante stand, dennoch arbeitete es in ihr. Klaus war nicht mit Leif auf Beutezug gewesen. Er hatte die Frauen nicht mit entführt. Hatte Alva nicht gesagt, dass nur diese Männer und ihre Nachkommen davon betroffen waren? Ihr Blick wanderte zu Edda weiter, die betreten zu Boden blickte. "Wovon redet ihr überhaupt?", fragte Rebekah verwirrt. Und Gyda wollte nicht glauben, was Alva dort behauptete. "Niemals ist Leif Klaus Vater!", sprach sie das laut aus, was ihre Tante nur angedeutet hatte. Doch Eddas Reaktion sagte ihr etwas anders.

“Mikael darf das niemals erfahren!”, zischte sie ganz leise. “Du hast Vater betrogen?”, fragte Rebekah entsetzt, die es wohl auch nicht glauben konnte. “Es war ein Ausrutscher”, versicherte Edda. Unsicher stolperte sie einige Schritte zurück und stellte sich neben Alva. Gyda war kurz davor wieder auf ihre Tante loszugehen, doch dann holte sie tief Luft. Es würde nichts bringen. Um gegen ihre Tante vorzugehen, müsste sie zum Jarl gehen und ein Rechtsurteil abwarten. Doch ihre Familie war viel zu speziell, um auf einen Außenstehenden zu hören. “Wir müssen ihn suchen”, beschloss sie. Oder zumindest sie würde das tun. Den Rest verdrängte sie erst einmal. Sie wollte in den nächsten Tagen einfach nicht noch jemanden zu Grabe tragen. Sie ging deshalb zurück zu ihrem Hof und betrat ungefragt das Haus von Edda und ihrem Mann. Dort holte sie Sachen für Klaus. “Ich werde dich begleiten”, verkündete Rebekah schließlich. “Wir sollten uns aufteilen”, schlug Gyda vor und drückte Rebekah einen zusätzlichen Satz Kleidung in die Hand. Diese nickte verstehend. Edda und Alva schienen sich nicht an der Suche beteiligen zu wollen. Die beiden standen vor Alvas Haus und diskutierten miteinander.

REBEKAH

"Nik?!", rief sie so laut sie konnte, während sie durch den Wald stapfte. Sie machte sich Sorgen um ihren Bruder und sie verstand immer noch nicht ganz, was Alva gesagt hatte. Immer wieder dachte sie an diese gruselige Frau, die sie in das Moor getrieben hatten. Nie hatte sie darüber nachgedacht, ob das ein Fehler war, doch heute wünschte sie sich, sie hätten das nie getan. Warum hatte es nicht jemand anders sein können? "Nik!", rief sie erneut. Rebekah war sich nicht einmal sicher, ob sie ihren Bruder finden wollte. Sie fürchtete sich davor, was sie erwartete. Würde er von Fell bedeckt sein und große Klauen haben? Was wenn er sie verletzte? "Nik?", fragte sie ins Nichts hinein. Verunsichert drückte sie die mitgenommene Kleidung an ihre Brust. "Was ist nur hier los?", fragte sie sich selbst. Sie wollte ihr ruhiges Leben vom Winter wieder, indem sie noch alle zusammen ums Feuer gesessen hatten. "Rebekah", kam es mit gebrochener Stimme. Rebekah zuckte zusammen und drehte sich um. Es dauerte einige Sekunden, bis sie ihren Bruder zwischen den Bäumen entdeckte. Angewidert verzog sie das Gesicht. Im Gegensatz zu Alvas Ankündigung sah ihr Bruder vollkommen normal aus. Allerdings war er unglaublich dreckig und konnte sich kaum auf den Beinen halten. Rebekah zögerte deswegen und ging nur langsam auf Niklaus zu. Er stolperte in ihre Arme und sie verzog das Gesicht. Er roch nach Erde und Tieren. "Was ist, passiert Nik?", fragte sie dennoch nach. Ihr Bruder rappelte sich langsam auf und löste sich von ihr. "Ich weiß es nicht genau" gab er zu. Sie reichte ihm die Kleidung und beobachtete, wie er sich anzog. Er wirkte so wie immer, vielleicht irrte Alva sich ja? "Was soll das heißen?", drängte sie dennoch weiter. Nik sollte endlich mit der Sprache herausrücken, damit sie nach Hause gehen konnten und alles so war wie vorher. "Ich kann mich nicht erinnern", betonte Klaus jedoch erneut. Rebekah schossen die Tränen in die Augen. "Dann streng dich mehr an", brüllte sie nun so laut, dass vermutlich der halbe Wald sie hören konnte. Klaus jedoch schien gar nicht zu verstehen, was gerade ihr Problem war. Das machte die junge Frau nur noch wütender. Sie ging einige Schritte auf ihn zu und trommelte mit ihren Fäusten gegen seine Brust. "Du machst alles kaputt", schrie sie ihn an. "Wovon redest du?", fragte er ein wenig gereizt und hielt ihre Hände fest. Rebekah war nicht stark genug um sich aus diesem Griff zu befreien, also gab sie schnell auf sich gegen ihn zu wehren. "Alva meinte, du seist ein Wolf und Gyda hat gesagt, du musst Leifs Sohn sein…", erklärte sie und jetzt, wo sie es laut aussprach, dämmerte es Rebekah langsam. "Du bist verflucht", stellte sie nüchtern fest und riss sich doch noch los. Sie taumelte einige Schritte zurück und sah ihrem Bruder traurig in die Augen. "Vater wird unglaublich wütend sein", fügte sie hinzu. Dabei hatte sie Mitleid mit Klaus. Sie mochte ihren Bruder sehr, auch wenn sie immer wieder aneinandergerieten. Wie sollte es nur weitergehen? "Red nicht so einen Unsinn", grollte es nun aus Klaus heraus. Anscheinend wollte er noch nicht wahrhaben, was Rebekah da von sich gab. Sie konnte jedoch nur den Kopf schütteln. "Frag Mutter!", meinte sie. Wenn einer dieses ganze Desaster aufklären konnte dann sie. Während sie sich umdrehte, versuchte sie sich die Tränen aus den Augen zu wischen, doch es kamen immer wieder neue.

Zusammen mit Klaus ging es zurück zu ihrem Haus. Ihre Mutter wartete bereits an der Tür. Rebekah viel ihr in die Arme und vergrub den Kopf in der Halsmulde ihrer Mutter. "Was machen wir denn jetzt?", fragte sie immer noch weinend nach. Edda strich ihr beruhigend über das Haar. "Ich werde mich schon darum kümmern", erklärte ihre Mutter mit fester Stimme. Dabei sah sie über das Haupt ihrer Tochter hinweg zu ihrem Sohn. Einen Augenblick lang durfte Rebekah noch in ihren Armen verweilen, dann drückte ihre Mutter sie sanft von sich weg. Sofort ergriff Panik Rebekahs Herz. Sie hatte ihre Mutter noch nie so kühl und entschlossen gesehen. Wenn sie einen von ihnen bestrafen wollte, rief sie in der Regel Mikael, der sich dann darum kümmerte. Oft reichte es, schon wenn sie damit drohte. Doch gerade flößte ihre Mutter ihr mehr Angst ein, als ihr Vater. Zögerlich machte sie einige Schritte zurück und sah hilfesuchend zu ihrem Bruder Nik. Der allerdings sah ihre Mutter einfach nur misstrauisch an. "Kommt rein", meinte ihre Mutter bestimmt und öffnete die Tür. Alva befand sich im Inneren, doch sie war nicht alleine. Neben ihr stand eine dunkelhaarige junge Frau. Rebekah war sich sicher, dass sie diese schon einmal gesehen hatte, doch gerade konnte sie den Zusammenhang nicht erkennen. "Smilla?", kam es hingegen fragend von Klaus. Er drängte sich an Rebekah vorbei, um zu seiner Freundin zu gelangen. So langsam dämmerte es Rebekah. Es war die Frau, mit der ihr Bruder das ganze Fest über Zeit verbracht hatte. Fragend sah sie ihre Mutter an. "Was geht hier vor sich?", fragte sie leise. Sie hatte Angst vor der Antwort, denn man konnte die Anspannung im Raum deutlich spüren. Während Klaus sich leise versicherte, dass mit Smilla alles in Ordnung war und diese erklärte, dass sie gekommen war, weil ihre Mutter meinte, er wäre in Gefahr, beobachtete Rebekah ihre Mutter ganz genau. Diese bereitete gerade mit Alvas Hilfe eindeutig ein Ritual vor. Sie hatten einige Kräuter bereitgestellt. "Genug geredet", meinte Edda streng und sah zu Klaus und Smilla. Diese verstummten tatsächlich für einen Augenblick, doch lange hielt das Schweigen nicht an. "Was soll das hier?", fragte Klaus wütend. Doch ihre Mutter schien nicht darauf antworten zu wollen. Stattdessen ging Alva auf die beiden zu, um sie voneinander zu trennen. Es war ein leichtes für sie Smilla von Klaus loszureißen und sie zum Tisch zu führen. Klaus wollte ihr folgen, doch er konnte nicht, eine unsichtbare Wand hinderte ihm am weiter kommen. "Mutter!", versuchte er es erneut. Der Zorn war deutlich in seiner Stimme zu hören. Auch Rebekah versuchte nun, einen Schritt nach vorne zu machen, doch auch sie konnte sich nicht rühren. "Was tut ihr?", fragte sie nach. Fast ging ihre Stimme unter, doch ihre Mutter schien sehr wohl mitzubekommen, was sie gesagt hatte. "Ich habe einen Fehler gemacht, den ich nun wieder beheben muss", erklärte sie und klang dabei fast schon entschuldigend. Rebekah und Klaus blieb nichts anderes übrig als dabei zuzusehen wie ihre Mutter nach einem Messer griff und es Smilla in den Leib rammte. Der Schmerzensschrei, der der jungen Frau entfuhr, wurde von Alva im Keim erstickt. Danach griff Alva in die offene Wunde im Brustkorb und riss Smilla eine ihrer Rippen heraus. Rebekahs Beine gaben unter ihr nach. Zitternd sah sie dabei zu, wie Smilla leblos zu Boden sackte. Schmerz und Leid standen ihr ins Gesicht geschrieben. All das hielt Rebekah einen Moment gefangen. Erst als ihre Mutter magische Verse von sich gab, blickte sie wieder auf. Ihre Mutter hatte die Kräuter zu einer Paste verarbeitet, diese schmierte sie nun in Runen, die sie in die Rippe ritzte. Was sie sagte, verstand Rebekah zwar, aber der Inhalt drang nur langsam zu ihr durch. Es ging, darum Klaus Wolf zu versiegeln, sodass er sich nie wieder verwandeln konnte. Das kam der jungen Frau sinnvoll vor und doch hatte diese Situation etwas Grausames und Falsches an sich. So sehr sie sich auch wünschte, dass alles wieder so werden würde wie im letzten Winter, so war sie doch nicht bereit jeden Preis dafür zu bezahlen. Außerdem half es auch nichts ihrem Vater einfach im Ungewissen zu lassen. "Tu das nicht", bat sie deswegen und versuchte, sich erneut vorwärts zu kämpfen. Doch Alva hinderte sie daran. Klaus hingegen war unerwartet still. "Nik!", kam es eindringlich von Rebekah. Wenn sie schon nicht zu ihrer Mutter durchdringen konnte, wollte sie wenigstens ihrem Bruder beistehen. Allerdings schien Niklaus sie nicht einmal zu hören. Stumm sah er dabei zu, wie Smilla ausblutete.

NIKLAUS

Lodernder Hass erfüllte jeder Pore seines Körpers. Jeder einzelne Muskel war bis zum äußersten gespannt. Er war mit Rebekah zurückgegangen, um mit seiner Mutter zu sprechen. Er hatte eine Erklärung verdient. Die Worte seiner Schwester waren schließlich mehr als zusammenhanglos gewesen, doch schon als sie angekommen waren, war ihm klar gewesen, dass er keine Antwort bekommen würde. Wie so oft würde ihre Mutter sich einfach aus der Affäre ziehen. Es stimmte also, Mikael war nicht sein Vater, deswegen versuchte sie nun ihre Spuren zu verwischen und zu verleugnen, was er war. All das war aber wohl noch nicht schlimm genug für seine Mutter. Nein, sie musste ihm auch noch alles wegnehmen, was ihm etwas bedeutete. Nicht ohne Grund hatte er Smilla vor seiner Familie nie erwähnt. Jetzt war sie tot. Klaus ballte seine Hände zu Fäusten und biss den Kiefer zusammen. Jede Reaktion wäre eine Verschwendung seiner Energie. Egal wie viel Gewalt er aufbringen würde, so würde er Alvas Barriere nicht einreissen können. Stattdessen wartete er darauf, dass seine Mutter mit den Vorbereitungen fertig wurde. Danach, so vermutete er, würde zumindest seine unsichtbare Wand fallen. Und genau so war es auch. Nach einer scheinbaren Ewigkeit hörte seine Mutter auf, Zauberworte von sich zu geben. Es herrschte Totenstille im Raum. Sowohl Alva als auch Edda wandten sich ihm zu. "Das werdet ihr bereuen", brüllte er nun los. "Ihr verdammten überheblichen Weiber, was bildet ihr euch eigentlich ein?", brach es aus ihm heraus. Beide Frauen reagierten nicht wirklich auf seine Worte, kamen aber langsam auf ihn zu. "Ich werde euch die Kehle heraus reißen und zugucken wie ihr an eurem eigenen Blut erstickt!", drohte Klaus weiter. "Das sie tot ist, ist ganz allein deine Schuld Niklaus, du hättest anständiger mit ihr umgehen sollen", erklärte seine Mutter, als sie vor ihm zum stehen kam. Ihre Worte waren, wie Öl, das man in ein offenes Feuer kippte. "Tu nicht so, als ob du mir jemals solches Glück gegönnt hättest", knurrte er sie an. Seine Mutter hatte ihm stets alles weggenommen, wofür er sich wirklich interessierte und jetzt hatte er endlich eine Erklärung dafür. "Ich bin schon immer ein Schandfleck für dich gewesen, denn du nicht wegwischen konntest", stellte er bitter fest. Egal was sie ihm antun würde, Klaus war sich sicher, dass es nicht schlimmer sein konnte als alles, was sie ihm bereits angetan hatte. Als Alva endlich die Barriere fallen ließ, stürmte er auf seine Mutter zu. Er wollte sie zu Boden ringen und sein Versprechen wahr machen, doch soweit kam er nicht. Erstaunlich geschickt trieb sie ihm die Rippe, die sie in der Hand gehalten hatte, in den Brustkorb. Klaus schnappte nach Luft, während er spüren konnte, wie der spitze Knochen auf sein Herz traf. Er würde sterben da war er sich in diesem Augenblick vollkommen sicher. Seine Hände legten sich um den Hals seiner Mutter und drückten zu. Er würde nicht zulassen, dass sie einfach so davon kam, nach allem, was sie ihm angetan hatte. Seine Mutter versuchte, mit der freien Hand, seinen Griff zu lösen. Während sie dies tat, ging sie ihrem Vorhaben jedoch unbeirrt weiter nach. Immer tiefer trieb sie den Knochen in sein Fleisch, bis er schließlich ganz in ihm versenkt worden war. Das war der Augenblick, in dem Klaus jegliche Kraft verließ. Ohne auch nur die geringste Kontrolle über seinen Körper zu haben ging er zu Boden. Er erwartete, das Bewusstsein zu verlieren so wie in der Nacht zuvor, doch stattdessen sah er alles klar und deutlich vor seinen Augen. Wie ein Außenstehender konnte er sich dabei zu sehen, wie er sich in eine Art Wolf verwandelte. Wie seine Knochen brachen, daran konnte er sich noch gut erinnern. Doch jetzt erkannte er, welche neue Erscheinung er angenommen hatte. Er sah nicht aus wie die Wölfe, die er so oft im Wald gesehen hatte. Er war immer noch genauso groß wie als Mensch und doch bedeckte Fell seinen Körper. Krallen und Pranken hatten seine Hände und Füße ersetzt und sein Gesicht war zu einer langen Schnauze geworden. Die Lefzen entblößten riesige Zähne. Klaus schnappte erschrocken nach Luft. Alle Erinnerungen kamen zu ihm zurück. Wie er des Nachts durch den Wald gelaufen war und ein Reh gerissen hatte. Wie er nach anderen gesucht hatte, aber niemand sonst war da gewesen. Irgendwann am Morgen hatte er sich zusammengerollt und war schließlich als normaler Mensch wieder aufgewacht. Schmerzlich wurde ihm bewusst, was seine Mutter ihm gerade weggenommen hatte. Er konnte sich nicht rühren und er würde sich nie wieder verwandeln können.

GYDA

Einige Tage später hatte sich die Situation am Hof der großen Familie wieder ein wenig normalisiert. Klaus hatte sein Elternhaus verlassen und war nun bei Gyda untergekommen. Sie war sogar ganz froh darüber, denn so war das Haus wenigstens nicht vollkommen leer. Allerdings machte sie sich immer noch Sorgen um ihren neu gewonnen Halbbruder. Sie war sich nicht sicher, ob es eine Nachwirkung des Zaubers oder einfach nur Lethargie war, doch Klaus rührte sich kaum. Die meiste Zeit lag er in Valdis Bett und starrte die Zimmerdecke an. Gyda konnte das gut verstehen, zwar hatte sie bis jetzt noch nie ihr Herz verschenkt, doch die Trauer die er empfand, konnte sie dennoch nachempfinden. Unter normalen Umständen hätte man beim Jarl um Vergeltung gebeten und die Gemeinschaft hätte darüber abgestimmt, wie mit dem Täter verfahren werden sollte, doch das hier war eine Familienangelegenheit, die unlösbar war. Der einzige Hoffnungsschimmer war die Magie. Es gab für jeden Zauber ein Schlupfloch, oder zumindest hatte Alva ihnen das stets so beigebracht. Gyda wusste nicht, was man noch alles von dem Glauben konnte, was ihre Tante so erzählt hatte, aber es war besser als sich mit der Situation abzufinden. Leider gab es da einige Probleme. Ihre Mutter verfügte über kein Zauberbuch. Sie konnte zwar Magie wirken, doch aufgeschrieben hatte sie noch nie etwas. Die Aufzeichnungen ihrer beiden Tanten waren jedoch unerreichbar. Gyda hatte dennoch versichert, dass sie sich um alles kümmern würde. Auch wenn sie selbst nicht zaubern konnte, würden sie am Ende schon eine Lösung finden. Um unabhängig von ihrer Tante zu sein war sie deswegen in den letzten Tagen immer wieder in den Wald gewandert, um nach Kräutern zu suchen, die normalerweise bei Alva wuchsen. Natürlich besaß Alva auch Kräuter aus fernen Regionen, die sie von anderen bezog, diese brachten Saga oder Erik zumeist von ihren Beutezügen mit. Doch auch so wuchsen viele Kräuter in ihrer Umgebung, die sie nutzen konnte. Um nicht die Aufmerksamkeit ihrer Verwandten auf sich zu ziehen, hatte sie Elijahs Familie mit einbezogen. Ingrid war eine hilfsbereite Frau und hatte nichts dagegen, dass Gyda einen kleinen Teil des Gartens nutzen wollte. Gleichzeitig freute sie sich über den selten gewordenen Besuch. Und auch wenn es sicherlich nicht Ingrids Absicht gewesen war, hatte Gyda ein schlechtes Gewissen. Doch sie wollte die Frau nicht zu sehr mit einbeziehen. Es würde nur Unheil über die kleine Familie bringen, da war sie sich sicher. Sie erzählte also lediglich von Valdis und entschuldigte sich dafür, dass sie der Schwägerin nicht früher Bescheid gesagt hatte. Zusätzlich nahm sie sich vor wieder öfter bei Ingrid und Solveig vorbei zu schauen. An einem Nachmittag nahm sie ihre Nichte sogar mit in den Wald, um mit ihr Pilze zu sammeln. Am vierten Tag beschloss Gyda, sich auf den Weg ins Dorf zu machen. Heute würden die ersten Schiffe, die Handel getrieben hatten, zurückkehren. Ihre Tante machte sich ganz offensichtlich nicht auf den Weg. Sie wollte diese Chance nutzen, um vielleicht an ein paar seltenere Hexenzutaten zu gelangen. Doch sie hatte Pech. Die meisten waren mit Fellen und Stahl zurückgekommen. Nur wenige hatten Nutzpflanzen mitgebracht, von denen jedoch keine so interessant wirkte, dass Gyda sich für sie begeistern konnte. Dennoch blieb sie eine weitere Nacht, obwohl sie sich unwohl fühlte. Aus irgendeinem Grund wirkte das Dorf beengend auf sie. Die Stimmung bei den Heimkehrern war gut und es floss viel Bier. Doch solch ein Verhalten war sie gewohnt. Vielleicht lag es einfach daran, dass sie sich nicht mehr wohl fühlte in ihrer Heimat. Am liebsten wäre sie mit Klaus fortgegangen um woanders nach einer Lösung für ihn zu suchen. Jedoch war ein Großteil ihrer Familie immer noch unterwegs und wusste von nichts. Insgeheim hoffte sie darauf, dass ihr Vater die Sache schon regeln würde. Vielleicht würden sie Alva und Edda einfach verbannen, sodass der Rest von ihnen in Ruhe weiter leben konnte. Oder aber sie würden einfach zusammen irgendwo eine neue Siedlung gründen. Ihrem Vater würde das gefallen, er träumte schon lange von einem abenteuerlichen Neuanfang. Trauer umschloss ihr Herz bei dem Gedanken daran, wie viel Freude Valdis an diesem Vorhaben gefunden hätte. Ein ungesundes lautes Husten von ihrem Tischnachbarn riss sie aus den Gedanken. Der Mann brauchte sehr lange, bis er sich wieder gefangen hatte, doch dann versicherte er, dass es ihm gut ging, und er trank einfach weiter. Gyda konnte darüber nur den Kopf schütteln. Menschen gingen einfach viel zu leichtfertig mit ihrem Leben um.

Auf dem Rückweg zu ihrem Hof schaute Gyda noch einmal bei ihrer Schwägerin vorbei. Sie hatte ihr ein paar Dinge aus dem Dorf mit gebracht.

Ingrid bat sie zu bleiben und bereitete ihr einen Tee zu. Als sie ebenfalls anfing zu husten, runzelte Gyda die Stirn. "Ist alles in Ordnung bei dir?", fragte sie besorgt nach, als sie Platz nahm. "Ja, natürlich ich denke, ich habe mir nur eine Sommergrippe eingefangen", versicherte Ingrid und goss ihr eine Tasse mit heißen Wasser auf. "Du solltest ein paar der Kräuter nehmen, die ich bei dir angebaut habe. Ich kann dir gleich welche zusammen stellen", bot Gyda an. Ingrid lächelte schwach. Zwar war sie von hier und glaubte sehr wohl an magische Rituale zugunsten der Götter, doch von ihrer Magie schien sie nicht besonders viel zu halten. "Es wird schon gehen", versicherte Ingrid also erneut. Gyda ließ es deswegen auf sich beruhen. Sie wollte nicht aufdringlich sein und ihre Schwägerin noch mehr zur Last fallen, als sie dies ohnehin schon tat. Außerdem war sie sich nicht einmal sicher, in wie weit die Kräuter wirklich helfen würden. Sie war immer aufmerksam gewesen, wenn ihre Tante darüber gesprochen hatte, doch bis jetzt hatten sich alle immer auf Alva verlassen. Gyda hatte ihr Wissen also noch nie aktiv anwenden müssen. "Ich bin mir sicher Elijah und die anderen kommen in wenigen Tagen zurück", versuchte sie also Ingrid aufzumuntern. Der Tag, an dem sie die kleine Reisegruppe verabschiedet hatten, war nun fast einen Monat her. Wenn auf der Überfahrt nichts Unerwartetes geschehen war, würde es nicht mehr lange dauern. Das zauberte Ingrid tatsächlich ein ehrliches Lächeln aufs Gesicht. "Bestimmt freut er sich, sehr wenn du ihn abholen kommst, ich kann auch solange auf Solveig aufpassen, wenn du sie nicht mitnehmen willst", bot Gyda noch an. Danach verabschiedete sie sich von Ingrid und ging zurück zu ihrem Haus um für Klaus und sie das Abendessen zuzubereiten.

KOL

Ob er sich freute nach Hause zu kommen? Kol war wie immer zwiegespalten, Zuhause war es nicht besonders spannend, die meiste Zeit taten alle dasselbe und es gab nur selten eine Überraschung. Das kleine Dorf, das sein Vater jedes Jahr besuchte, um Handel zu treiben, war aber auch nicht gerade das, was er sich unter einem interessanten Ort vorstellte. Wenn die Männer von ihren Beutezügen zurückkehrten, hatten die meisten jedenfalls wesentlich Spannenderes zu berichten. Kol hatte deswegen versucht seinen Vater davon zu überzeugen auf ihrem Weg zurück noch einmal halt zumachen. Das Dorf, das sie besucht hatten, lag weit im Osten, doch die Städte näher bei ihnen sollten wesentlich mehr zu bieten haben. Leider ließ sein Vater sich in seine Planung nicht hinein reden. Am Ende stoppte er die Diskussion mit dem Argument das Edda und Alva schließlich schon auf sie warteten und auch Ingrid sicherlich gerne ihren Mann sehen würde. Kol konnte darüber nur die Augen verdrehen. Sein Vater und sein Bruder hatten sich wirklich die nervigsten Weiber ausgesucht.

Kleine Hausfrauen die nichts weiter wollten als Weben und die Kinder bespaßen, wobei er führ Solveig noch Hoffnung hatte. Sie war ein aufgewecktes schlaues Mädchen, das die Welt erkunden wollte. Vielleicht hatten sie also Glück und aus ihr wurde eine anständige Schildmaid. Im Grunde war ihm das aber egal, seine eigenen Pläne waren wesentlich weitreichender. In ein paar Jahren würde er sein Elternhaus verlassen und alleine losziehen, ganz losgelöst von seinen Verwandten. Unter all seinen Geschwistern und den Kindern, die sie noch bekommen würden, würde sein Fehlen sicherlich nicht auffallen. Dieses Jahr war es aber noch nicht so weit und so musste er gelangweilt dabei zusehen, wie sie in ihren Heimathafen einliefen. Am Rand des Steges stand bereits Ingrid mit Solveig auf dem Arm und seine Mutter. Freudig wurde zuerst Mikael, dann Elijah und Freya begrüßt. Kol drückte sich besonders lange davor von seiner Mutter in den Arm genommen zu werden. "Wo ist Niklaus?", fragte er zur Ablenkung nach. Gyda und Valdis fehlten ebenfalls, genauso wie Alva. Letztere blieb gerne mal allein Daheim, doch irgendwie hatte Kol erwartet, dass sie Freya nach ihrer ersten große Reise abholen würde. Irgendetwas schien jedoch nicht zu stimmen. Seine Mutter wich seinem Blick aus und schrumpfte unter dem ihres Mannes sichtlich zusammen. "Es gab einiges an Schwierigkeiten während ihr fort wart", erklärte sie und sah ihren Mann traurig in die Augen. "Wir werden uns Zuhause darum kümmern", beschloss dieser. Kol aber wollte eigentlich nicht bis dahin warten. Das Klaus und seine Mutter aneinandergerieten war nicht unüblich. Er hatte sogar fest mit einem Familienstreit gerechnet, nun wo Niklaus Zuhause eingesperrt war, doch das hier schien von einem anderen Kaliber zu sein. "Was ist passiert?", fragte er Rebekah deswegen leise, als sie sich auf den Rückweg machten. "Mutter wird euch alles erzählen", antwortete diese jedoch nur knapp und sah Kol entschuldigend an. In ihrem Blick konnte er noch etwas anderes erkennen. Seine Schwester wirkte so, als hätte sie einen Wiedergänger gesehen. Einen Untoten, der nachts aus seinem Grab stieg und die Bevölkerung plagte. Also beließ er es dabei, auch wenn es ihm sichtlich schwerfiel.

In ihrem Haus angekommen, war immer noch keine Spur von Klaus zu sehen. Alva hatte Freya am Rande des Grundstückes im Empfang genommen und sie zu ihrem Haus begleitet. Noch so eine äußerst merkwürdige Geste. Seine Mutter hatte

Elijah zusätzlich darum gebeten Ingrid und Solveig erst einmal nach Hause zu bringen und dann so schnell wie möglich wiederzukommen. Weit war der Weg nicht, weshalb sie nicht lange warten mussten. Doch das besserte die Situation nicht. Die Stimmung im Raum war düster, als würde ihre Mutter ihnen gleich auflisten, wer alles gestorben war und selbst das war unter Umständen ein freudigeres Ereignis. "Valdis ist tot, Klaus war mit ihr im Wald und sie hat sich verletzt. Wir konnten leider nichts für sie tun", erklärte Edda schließlich während sie zu Boden schaute. "Niklaus war untröstlich und wir haben uns gestritten. Im Moment ist er bei Gyda unter gekommen. Er will nicht mit mir reden", erzählte sie weiter. Sie klang traurig und mitgenommen. Ein Blick nach rechts und links sagte ihm, dass ihr alle die Geschichte abnahmen, doch Rebekahs zurückhaltende Art und die Tatsache, dass seine Mutter sie nicht einmal ansah, machten ihn skeptisch. Irgendetwas stimmte an der Geschichte die seine Mutter erzählte nicht. "Ich werde schon dafür sorgen, dass er wieder mit dir spricht", mischte sein Vater sich nun ein. Er hatte die Reisekleidung abgelegt und griff zu seiner Waffe. Ganz untypisch trug er meistens ein Schwert bei sich und nicht wie die meisten freien

Männer eine Axt. “Nein, bitte nicht”, bat Edda. Mit wenigen Schritten war seine Mutter bei ihrem Mann angekommen und hielt ihn am Arm fest. “Er braucht noch eine Weile, bitte hetzt ihn nicht”, bat sie nun auch die anderen. Zum ersten Mal sah sie jeden Einzelnen dabei an. “Ich bin mir sicher, er wird schon von selbst kommen”, versicherte sie dann noch. Kurz fragte er sich, ob er vielleicht zu misstrauisch seiner Mutter gegenüber war. Alva mochte ihre Geheimnisse haben, das hatte sie schon immer gehabt, doch seine Mutter war in seinen Augen eigentlich nicht der Mensch für so etwas. Vielleicht stimmte die Geschichte also doch und sie wirkte nur so surreal für ihn, weil es das erste Mal war, dass er den Streit nicht selbst miterlebt hatte. “Wir sollten eine Feier ausrichten, um an Valdis zu denken, dann wird er sicherlich schon dazu kommen”, schlug Elijah vor. Er hatte stets den besten Draht zu Klaus. Immer wenn es Streit zwischen Niklaus und ihren Eltern gab, war Elijah derjenige, der die Sache wieder kittete. Und so löste sich die Situation wie ein Knoten. Alle wussten, was sie zu tun hatten und waren zufrieden mit der Lösung. Nur Kol fühlte sich noch ein wenig von seinen Bedenken verfolgt.

ELIJAH

So sehr ihn das Fremde auch faszinierte, so sehr freute er sich stets darauf, wieder heimzukehren. Er vermisste seine Frau Ingrid und seine Tochter Solveig so sehr, doch sie mitzunehmen, so wie Leif es vielleicht getan hätte, hielt er einfach für keine gute Idee. Deshalb reiste er auch jedes Jahr mit seinem Vater. Die Reise nahm zwar auch einiges an Zeit in Anspruch, doch bei Weitem nicht so viel wie die Beutezüge der anderen. Doch dieses Jahr war die Wiedersehensfreude getrübt. In den ersten Augenblicken ihrer Ankunft war Elijah nicht aufgefallen, dass etwas nicht stimmte, doch je näher sie ihrem Hof gekommen waren, desto deutlicher wurde es. Elijah war froh, als er Ingrid und Solveig nach Hause gebracht hatte. Er wollte sie nicht mit seinen Problemen belasten. Während seine Mutter berichtete, was vorgefallen war, blieb er ruhig. Er hatte schon viele schwierige Konflikte mit seiner Familie lösen müssen. Wenn so viele Menschen so dicht auf dicht lebten, die zudem auch noch so unterschiedlich waren, gab es oft Ärger. Allerdings war er sich sicher, dass es nicht ganz so abgelaufen war, wie seine Mutter berichtete. Er liebte seine Mutter sehr und wollte nur das beste für sie, doch ihm war bewusst, dass sie oft Worte zu ihren Gunsten auslegte und gerade, wenn sie mit Klaus aneinandergeriet, stellte sie sich gerne als das Opfer dar. Elijah ließ sich dieses Wissen jedoch nicht anmerken. Mit Sicherheit würde sich die Angelegenheit friedlich regeln lassen so tragisch der Verlust von Valdis auch war. Der Tod kam für die Hinterbliebenen meist zu früh, jedoch leerte ihr Glaube, dass jeder tapfere Krieger nach Walhalla kommen würde, dort würde er mit Odin und den anderen Göttern feiern. Und am Ende würde man seine Liebsten wieder sehen, vorausgesetzt natürlich man kam ebenfalls nach Walhalla. Valdis war die tapferste junge Frau, die Elijah je gesehen hatte, sicherlich war sie also an diesen Ort gelangt und zumindest ihre Eltern würde sie dort begrüßen dürfen, auch wenn das vielleicht noch etwas dauerte. Wichtiger war es ihm deshalb die Lebenden wieder an einen Tisch zu bekommen, wie auch immer dieser Streit ausgesehen hatte. Sie waren eine Familie, sie mussten zusammenhalten und für einander einstehen. Elijah beschloss deswegen das von ihm vorgeschlagene Fest zu nutzen um die ganze Geschichte zu erfahren und alles wieder ins Lot zu bringen.

GYDA

Gyda stand am Fenster, dem Schlitz in der Wand, und beobachtete das Geschehen auf dem Platz zwischen den drei Häusern. Mikael und Elijah stapelten Holz für ein großes Lagerfeuer, während Edda, Rebekah und Kol sich um das Essen zu kümmern schienen. “Was glaubst du, hat sie ihnen erzählt?”, fragte Gyda an Klaus gewandt, der immer noch in Valdis Bett lag. Langsam drehte er den Kopf und sah sie an. “Egal was es ist, ich bin sicherlich wieder der Schuldige”, meinte er schulterzuckend. Gyda schoss eine Metapher vom bösen Wolf durch den Kopf, doch sie behielt sie für sich. Auch wenn ihr Bruder nicht mit ihr darüber sprechen wollte, wusste sie, dass ihn die Unterdrückung des Fluches störte. Kurz wanderten ihre Gedanken zu ihrem Vater, der folglich auch davon betroffen war. Ob er sich schon verwandelt hatte? Soweit Gyda es begriffen hatte, hing die Wandlung mit dem Mondzyklus zusammen. Ganz sicher war sie sich aber nicht. Sie vermutete allerdings, dass ihr Vater gut damit klar kommen würde. Vermutlich war es nicht, dass was sich die fremde Hexe unter ihrer Bestrafung vorgestellt hatte. Als die Tür des gegenüberliegenden Hauses auf ging, verwarf sie ihre Überlegung. "Wir sollten auch mit helfen", stellte sie fest. Klaus schnaubte jedoch. "Du glaubst doch nicht wirklich, dass ich mich dazu geselle?", fragte er spöttisch nach. Sie konnte die Reaktion nur zu gut verstehen, allerdings sah sie da einen deutlichen Haken. "Wenn wir hier drin bleiben können Alva und Edda bestimmten, wer was zu hören bekommt", erinnerte sie Klaus und wandte sich ihm nun gänzlich zu. "Schon heute Abend werden die Meinungen der Anderen von ihnen bestimmt worden sein und dann ist es egal, was wir beide zu sagen haben", berichtete sie weiter. "Wenn du also vor hast, auch nur einen Tag weiter mit deiner Familie zu verbringen, solltest du dich aufraffen und mit mir dort rüber gehen, um zu erfahren, was deine Mutter so erzählt hat", versuchte sie weiter Klaus zu animieren. Einen Augenblick lang glaubte sie, erfolgreich zu sein, doch dann verzog er nur wütend das Gesicht und drehte sich weg. "Das ist nicht mehr meine Familie", beschwerte er sich. Gyda seufzte schwer. Sie nahm sich etwas Zeit, um tief ein und aus zu atmen und die Decke anzusehen. "Das mag ja für Mikael stimmen, aber Elijah, Kol und Rebekah sind immer noch deine Geschwister, die dich lieben und die du liebst", berichtigte sie ihn. Bestimmt griff sie nach einem der Weidenkörbe und nahm etwas von dem Obst. Danach stellte sie einen Krug Bier auf den Tisch und ging zu Klaus hinüber um ihn aus dem Bett zu ziehen. "Wir stehen jetzt auf", befahl sie und half mit etwas ziehen und drücken nach. Schließlich stand Klaus vor der Tür mit dem Bierkrug in der Hand. "Und pass auf, was du sagst, ich will erst wissen, was Edda erzählt hat", bat sie und schob ihren Bruder hinaus. Sie selbst folgte ihm mit dem Korb voll Obst bewaffnet.

REBEKAH

Wann war dieser Abend nur endlich vorbei? Rebekah flüchtete ins Haus, als sie sah das Gyda und Klaus aus ihrem Haus kamen. Sie wusste nicht, wie ihre Mutter so einfach alle anlügen konnte. Ohne mit der Wimper zu zucken hatte sie allen einfach eine ganz andere Geschichte aufgetischt. Und Rebekah? Sie hatte einfach nur daneben gestanden und nichts gesagt. Sie wollte einfach nicht, dass ihre Familie auseinanderbrach. Und doch wollte sie auch nicht, dass ihr Bruder allein da stand. Aber was sollte sie nur tun? Sie konnte nicht einfach allen die Wahrheit sagen, dann würden ihr Vater und ihre Mutter sich zerstreiten. "Kann ich dich kurz sprechen?", kam es von hinter ihr. Rebekah zuckte zusammen als hätte sie jemand geschlagen und drehte sich erschrocken um. "Was?", fragte sie ein wenig panisch. Elijah stand direkt vor ihr und warf einen Blick nach draußen. "Was ist passiert, als wir weg waren?", fragte Elijah ruhig nach. Obwohl ihr Bruder sich ganz normal verhielt, fühlte sie sich bedrängt. Leider konnte sie nicht noch weiter zurückweichen, denn sie stand schon gegen den Tisch gepresst. Elijah schien nicht zu entgehen, wie unangenehm ihr dieses Gespräch war. "Ist alles in Ordnung?", fragte er deswegen nach. Rebekah atmete tief durch, um sich zu beruhigen. "Ja, es ist alles in Ordnung", versicherte sie und drehte sich wieder von ihrem Bruder weg. "Ich wollte nur das Brot holen und du hast mich erschreckt", erklärte sie ihr merkwürdiges Verhalten. Doch es fühlte sich nicht richtig an. Warum tat ihre Mutter ihr das nur an? Rebekah schossen Tränen in die Augen. Mit wenigen Schritten war sie bei ihrem Bruder angekommen und schlang ihre Arme um ihn, um sich an ihn zu drücken. "Es ist schrecklich Elijah", schniefte sie. Vorsichtig und sanft wurde sie von ihrem Bruder in den Arm genommen. Ganz sacht strich er ihr übers Haar. "Egal was passiert ist, wir werden immer zusammenhalten", versprach Elijah ihr. Das beruhigte Rebekah tatsächlich. Elijah würde für alles eine Lösung finden so wie immer. "Nik ist ein Werwolf", hauchte sie deswegen. Sie konnte spüren, wie Elijah sich unter ihr ein wenig anspannte. "Diese Frau beim Blót hat Leif und seine Begleiter verflucht und all ihre Nachkommen. Nik ist Leifs Sohn", fügte sie mit abgebrochener Stimme hinzu. Elijah drückte sie noch ein wenig fester an sich. Ihre Hoffnung das ihr Bruder sich dem Problem annehmen würde verschwand langsam. Zögerlich löste sie sich deswegen von ihm, um ihn in die Augen sehen zu können. Ihr Bruder sah merklich besorgt aus. "Elijah?", versuchte sie ihn aus den Gedanken zu reißen. Seine Reaktion machte ihr Angst. "Alles wird gut", versicherte dieser jedoch. Rebekah wollte diesen Worten glauben, auch wenn sie nicht wusste, wie er das anstellen wollte. Eines war jedenfalls sicher, er würde sich nicht denselben grausamen Weg wie ihre Mutter aussuchen und allein dieser Gedanke erfüllte Rebekah mit Hoffnung. Eine Weile genoss sie noch seine Umarmung, doch dann meldete sich erneut das schlechte Gewissen. Allerdings brachte sie es nicht übers Herz, Elijah auch noch von Smilla zu berichten. Andererseits hatte sie keine andere Wahl, Elijah musste alles erfahren.

ELIJAH

Rebekahs Bericht der Geschehnisse, so kurz er auch sein mochte, machte ihm tatsächlich Sorgen. Die Neuigkeiten waren wesentlich schlimmer, als er erwartet hatte. Allerdings bemerkte er schnell, dass er seiner Schwester mit seinem Verhalten wohl Sorgen machte. Das wollte Elijah keinesfalls, deswegen machte er wieder einige Schritte auf sie zu und hauchte ihr einen Kuss auf die Stirn. "Ich werde etwas brauchen, um mir etwas einfallen zu lassen", erklärte er sich. Die Lage war einfach wesentlich verzwickter, als er es sich hätte ausmalen können. "Da ist noch etwas", kam es zögerlich von seiner Schwester. In Elijah machte sich ein ungutes Gefühl breit. "Mutter hat den Fluch unterdrückt und dafür Niks Freundin geopfert, er war wirklich sauer", erzählte sie. Elijah seufzte. Immer wenn man dachte, es könnte nicht schlimmer kommen, setzte seine Familie noch einen oben drauf. Vielleicht war es Zeit, dass sie ihr Elternhaus verließen. Sie waren alle unüblich Alt, um noch Zuhause zu wohnen. Die meisten freien Männer und Frauen gründeten bereits viel früher eine eigene Familie und hatten dann so gut wie nichts mehr mit ihren Eltern zu tun. Ihre Familie jedoch hockte schon sehr lange auf demselben Hof zusammen. Ihre Verhältnisse würden eventuell davon profitieren. Je länger er diesen Gedanken durchspielte, desto deutlicher wurde jedoch, dass es dafür vermutlich schon zu spät war. Sobald Saga, Leif und Erik nach Hause kamen, würde es die nächsten Streitpunkte geben, außer sie spielten alle das Spiel ihrer Mutter mit. "Ich werde das Brot raus bringen, bevor Mutter noch etwas auffällt", verabschiedete Rebekah sich. Elijah sah ihr schweigend hinterher. Ihm gefiel der Gedanke nicht, ein solches Geheimnis für sich zu behalten. Vor allem gefiel ihm der Gedanke nicht, wie sein Bruder sich dabei fühlen musste. Allerdings befürchtete er das Leif und Saga keine friedliche Lösung für ihr Problem finden würden und die Gemeinschaft des Dorfes würde ihnen dieses Recht sogar zusprechen. Elijah seufzte schwer und folgte seiner Schwester nach draußen.

Sein Blick schweifte über die Anwesenden, alle schienen sich zu bemühen ein möglichst normales Bild abzugeben, aber zumindest in Elijahs Augen gelang es niemanden von ihnen. Das war allerdings gerade ein anderes Thema. Viel wichtiger war es für ihn, sich nun um seinen Bruder zu kümmern. Sein Blick blieb an Klaus hängen, während er auf ihn zu ging. Noch bevor er bei seinem Bruder ankam, blickte dieser auf. Mit einem Kopfnicken bedeutete Elijah ihm, ihm zu folgen. Ein wenig abseits vom Feuer trafen sie aufeinander. "Rebekah hat mir erzählt, was passiert ist", erklärte Elijah, bevor Klaus auch nur Luft holen konnte. Brüderlich legte er Niklaus die Hand auf die Schulter. Er sollte wissen, dass seine Worte voller Aufrichtigkeit gesprochen wurden. "Ich werde dafür sorgen, dass wir eine Lösung für alle finden", versicherte er mit fester Stimme, während er seinem Bruder tief in die Augen blickte. "Damit wir alle wieder zusammenleben können", führte er seine Worte weiter aus. Sicherlich würde es nicht so werden wie früher, doch das war für Elijah auch nicht wichtig. Entscheidend war der Zusammenhalt, der sie für den Rest ihres Leben begleiten sollte. Doch er konnte in Klaus Augen erkennen, dass dieser nicht davon überzeugt war. "Wirst du das, Bruder?", fragte Klaus verbittert nach. Sein Bruder löste sich aus seinem Griff und brachte etwas Abstand zwischen sich und ihn. "Ich werde Mutter dafür büßen lassen, was sie mir angetan hat", versicherte Klaus ihm. Und Elijah musste einsehen, dass er seinen

Bruder nicht davon abhalten können würde. Er war sich nicht einmal sicher ob er das wirklich wollte. Er konnte unnötiger Gewalt nichts abgewinnen, aber er konnte den Zorn, den sein Bruder empfand nur zu gut nach empfinden. Unerträglich war der Gedanke, man hätte ihm Ingrid aus den Armen gerissen. Elijah blickte an Klaus vorbei zum Rest ihrer Familie. "Bitte gib mir noch ein bisschen Zeit", bat er ruhig. Vielleicht würde er doch noch etwas finden, womit Klaus sich zufrieden geben konnte. Heute war aber nicht der richtige Abend dafür. "Falls ich keine Lösung finde, wirst du deine Rache bekommen", versprach er. Klaus schien skeptisch zu sein, nickte aber schließlich und entfernte sich wieder von ihm um sich zurück zum Lagerfeuer zu begeben. Erleichtert atmete Elijah auf. Er wusste, dass sein Spiel auf Zeit gefährlich war, doch es war das Einzige, was er gerade tun konnte.

Nun war es Zeit für ihn, sich ebenfalls ans Lagerfeuer zu setzten. Sein Vater hatte das Geschehen mit Adleraugen beobachtet. Elijah konnte an seiner Körperhaltung erkennen, dass er immer noch Niklaus zur Schnecke machen wollte, doch Edda hielt ihren Mann fest umklammert. Als er sich zu ihr umwandte und etwas anderes wollte, löste sie sich schließlich doch von ihm, zögerlich und wachsam behielt sie ihn allerdings im Auge. Diese Chance nutze, Elijah um neben seiner Mutter platzzunehmen. Mit einem Becher Bier als Tarnung würde es für alle anderen nach nicht mehr als einem netten Gespräch aussehen. Im ersten Moment schwieg Elijah jedoch und blickte seine Mutter einfach nur an. "Wie ich sehe, hast du mit Niklaus gesprochen", begann seine Mutter das Gespräch schließlich. Anscheinend wollte sie die Frage, die ihr eigentlich auf dem Herzen brannte nicht laut aussprechen. Vermutlich aus Sorge, dass sie sich verraten könnte und er doch nicht so viel wusste, wie sie befürchtete. "Ja das habe ich", bestätigte er und nahm einen Schluck von seinem Getränk. Er wollte seiner Mutter die Gelegenheit geben, sich zu erklären. "Ich musste das tun, unsere ganze Familie war in Gefahr", versicherte diese. Elijah verzog das Gesicht, genau diese Worte hatte er gehofft, nicht zu hören. "Das ist eine schwache Ausrede Mutter", tadelte er. Sicherlich waren ihre Vorhaben in ihren Augen stets gerechtfertigt, doch das machte es für diejenigen, die darunter litten, nicht besser. Elijah wusste dies aus eigener Erfahrung. Noch zu gut erinnerte er sich an den Tag, an dem sie seinen

Hund geschlachtet hatten, um ihn zu essen. Sicher seine Mutter hatte ihm erklärt, dass ihr Essen knapp geworden war, eine Krankheit hatte all ihre Schafe getötet, doch das hatte nicht gerechtfertigt ihn das Messer führen zu lassen. "Du hättest nicht Klaus Freundin töten müssen", meinte er nun strenger und sah ihr genau in die Augen. Er hoffte, Reue zu sehen, doch da war keine. "Sie ist ein Zwilling, sie hat besonderes Blut, das nötig war", versicherte Edda ihm. Leider konnte er ihr nicht glauben. "Für dich gibt es wohl nie eine andere Lösung", stellte er fest und stand auf. Er hatte gehört, was er hatte hören müssen. "Guten Abend", verabschiedete er sich. Auch wenn die anderen noch lange feiern würden, ihm reichte es an dieser Stelle, er brauchte Zeit zum Nachdenken.

KOL

"Das mit Valdis tut mir Leid", meinte er, als er bei Gyda angekommen war. Kurz wurde seine Cousine umarmt und an ihn gedrückt. Normalerweise neigte Kol nicht gerade zu Gefühlsausbrüchen, aber die Geste erschien ihm als angebracht. "Ich wollte mit dem Begräbnis warten bis ihr wieder da seid, aber das ging leider nicht", erklärte Gyda. Kol konnte das verstehen und er trauerte dem Ereignis nicht wirklich nach. Der Sinn von Ruhestätten hatte ihn noch nie erreicht. "Hat sie dir vielleicht irgendetwas erzählt, bevor sie gestorben ist?", fragte er nach. Gyda schien kurz zu schmunzeln, doch er war sich nicht sicher. Die Regung in ihrem Gesicht war so schnell gekommen, wie sie gegangen war. "Ihr beide habt heimlich herumgeschnüffelt oder?", fragte sie nach. Sie schien nicht verwundert oder verärgert. "Wir haben wegen den Ereignissen beim Blót versucht herauszufinden, was Alva eigentlich vor hat", bestätigte Kol. Normalerweise ging er nicht so offen mit seinen Informationen um, doch dies hier war vielleicht die letzte Möglichkeit noch etwas zu erfahren. "Alva hat Valdis einen Tee zubereitet, der ihre Magie unterdrückt hat", berichtete Gyda leise. Anscheinend wollte sie nicht, dass jemand mit bekam, was sie ihm erzählte. Nach dieser Information konnte er das gut verstehen. Kol wusste gar nicht genau, was er darauf sagen sollte. Er dachte darüber nach, wie Freya geflüchtet war, nachdem sie etwas bei den Nonnen geholt hatte. Die Angst hatte ihr im Gesicht gestanden. Mehr hatte er nicht heraus gefunden. Er wägte ab, ob er erneut mit ihr reden sollte. Der Tod von Valdis würde sie vielleicht dazu bewegen doch noch mit der Sprache raus zu rücken, andererseits hatte sie bereits mit Alva gesprochen. Wenn seine Tante nicht wollte, dass es raus kam, hatte sie Freya sicherlich schon darauf aufmerksam gemacht nichts zu sagen. Und so Harmonieliebend wie Freya war, würde sie alles tun, was ihre Mutter von ihr wollte. Die Chance war also vertan. "Habt ihr euch deswegen mit Mutter gestritten?", fragte Kol nach. Die Geschichte klang nun ganz anders als eben noch. Ob er die neue Variante glauben konnte, wusste er nicht, doch Elijah unterhielt sich verdächtig ernst mit Klaus und ihrer Mutter. Sein Bauchgefühl vom Anfang des Tages hatte ihn also nicht betrogen, irgendetwas stimmte nicht. Gyda antwortete jedoch nicht direkt. Sie stocherte im

Feuer herum und musterte die anderen. "Was hat Edda euch erzählt?", fragte sie schließlich nach. Das gefiel Kol nicht. Er hatte zuerst gefragt und wollte eine Antwort. "Klaus und du schmollen, weil Valdis gestorben ist", meinte er also ganz locker und mit einem Schulterzucken. Die Antwort gefiel Gyda wohl wiederum nicht. Der kleine Ast zerbrach und sie warf ihn schließlich ins Feuer. "Frag besser Elijah", bat sie dann und erhob sich. "Ich werde jetzt zu Bett gehen", fügte sie noch hinzu, diesmal ein wenig lauter. Sie wollte wohl, dass alle anderen auch hörten, was ihr Vorhaben war. Kol fand dieses Verhalten lächerlich. Seine Cousine konnte genauso wenig Lügen wie Rebekah und Freya. Manchmal fragte er sich, was mit den Frauen in seiner Familie bloß los war.

ELIJAH

Am nächsten Tag hatte Elijah verarbeitet, was er erfahren hatte, doch eine Lösung hatte er immer noch nicht. Wie er es auch drehte und wendete, einer zog am Ende stets den Kürzeren. Doch an diesem Tag wollte er nicht zu viele Gedanken damit verschwenden, stattdessen nutzte er die Zeit um mit seiner Frau das Essen zuzubereiten und mit seiner Tochter den Tag zu verbringen. Er erzählte ihnen von dem fremden Land, das er besucht hatte, und erzählte neue Geschichten, die er abends in den Tavernen aufgeschnappt hatte. Er spielte mit seiner Tochter, bis diese Müde war und verbrachte den Abend schließlich mit seiner Frau. So konnte er wenigstens für eine kurze Zeit seine Sorgen vergessen und einfach nur genießen, worauf er in den letzten Wochen verzichtet hatte. Lange währte dieses Glück jedoch nicht. Bereits am nächsten Morgen holten ihn ganz andere Sorgen ein. Während er aufstand und Solveig mit ihm verstecken spielen wollte, schaffte Ingrid es nicht aus dem Bett. Sie hatte Fieber und litt unter unkontrollierbaren Hustenkrämpfen. "Ich werde meine Tante fragen, ob sie nicht etwas dagegen hat", schlug er vor, doch seine Frau hinderte ihm am Gehen, indem sie ihn am Arm fest hielt. "Bitte bleib bei mir", bat sie verzweifelt und er ließ sich wieder auf die Kante des Bettes fallen. "Gyda hat mir schon Kräuter gebracht, sie helfen nicht", erklärte sie mit einem schwachen Lächeln. "Die Götter wollen vielleicht nicht, dass deine Familie mir dabei hilft", erklärte sie. Elijah machte der Gedanke traurig, doch seine Frau schien das anders zu sehen. "Es ist sicherlich nur eine Erkältung, sie wird bald wieder weg sein. Jetzt wo du da bist, kann mir nichts passieren", erklärte sie zuversichtlich und kuschelte sich an ihn. Ganz überzeugten ihre Worte ihn nicht, doch er konnte schlecht gehen, wenn sie das nicht wollte. Elijah legte sich also wieder neben seine Frau ins Bett und strich ihr sanft den Rücken entlang. "Erzähl mir noch eine Geschichte", bat sie. "In dem Land in dem wir waren glauben die Leute nur an einen Gott", berichtete er also langsam. Ingrid brachte das zum Lachen. "Was soll das für ein Gott sein?", fragte sie belustigt. Und so begann er zu erzählen von einem grausamen aber auch gütigen Gott. Von einem Gott bei dem die Sünder in die Hölle kamen und man sich von seiner Schuld frei kaufen konnte. Ein Konzept, das so gar nicht zu ihren Göttern passen wollte. Und doch fragte Elijah sich, ob dieser andere Gott es wohl zulassen würde das Ingrid starb oder ob nur ihre Götter so ungerecht sein konnten. Schnell verscheuchte er diese Gedanken jedoch wieder. Seine Frau würde gesund werden, dafür würde er alles tun was in seiner Macht stand. Da er sie jedoch nicht alleine lassen wollte, wartete er, bis sie eingeschlafen war. Dann rief er Solveig zu sich und schickte sie schließlich zu Alva und danach zu Gyda. Eine der beiden würde schon eine Lösung finden.

All die Kräuter halfen nicht. Seiner Frau ging es von Tag zu Tag schlechter, das Fieber war so schlimm, dass sie halluzinierte. Sie bekam Beulen unter den Armen und an den Beinen. Ihre Haut war ganz heiß. Elijah machte sich so viele Sorgen, dass er seine Tochter zu seiner Mutter geschickt hatte. Am Anfang hatte er gehofft, dass sie sich dadurch nicht anstecken würde, doch mittlerweile lag sie neben ihrer Mutter mit denselben Symptomen. Alva war vor Ort gewesen, um sich die Krankheit anzusehen. Sie hatte es nicht so direkt sagen wollen, doch Elijah war sich sicher, dass sie kein Heilmittel hatte. Dennoch hatte sie Salben an gemischt und Tee aufgekocht. Besser war es dadurch allerdings nicht geworden. Gyda war gekommen und hatte etwas mit gebracht, was das Fieber senkte. Seine Cousine war allerdings offener als Alva gewesen. Sie hatte ihr bedauern ausgedrückt, doch sie konnte nicht wirklich helfen. Elijah war verzweifelt. Sogar seine Mutter war vorbei gekommen. Er hatte sie um einen Zauber gebeten, doch sie hatte erklärt, dass es keinen gab, der helfen würde. Elijah hatte darum gebeten den Hohepriester aus dem Dorf kommen zu lassen oder wenigstens einen seiner Heiler, doch anscheinend war im Dorf dieselbe Krankheit um gegangen. Die Priester hatten mit den Dorfbewohnern und den Rückkehrern die sich ansteckten so viel zu tun, dass sie niemanden entbehren konnten. Ihm blieb also nichts anderes übrig als am Bett seiner Frau und seines Kindes zu sitzen und zu hoffen. Seine Mutter versprach den Göttern ein Opfer darzubringen und sie um Unterstützung zu bitten, doch er bezweifelte, dass es etwas bringen würde.

REBEKAH

Eilig packte Rebekah einige ihrer Sachen zusammen. "Wo willst du hin?", fragte ihre Mutter streng. Dieses Mal ließ die junge Frau sich von diesem Ton aber nicht ausbremsen. Sie schulterte den Beutel mit ihrer Kleidung und drehte sich zu ihrer Mutter um. "Ich werde zu Elijah gehen, er braucht mich jetzt", erklärte Rebekah selbstbewusst. Trotzdem schrumpfte sie unter dem Blick ihrer Mutter ein wenig zusammen. "Du weißt genau, warum ich das nicht will", ermahnte Edda sie. Mit diesen Worten schwand ihre Selbstsicherheit. "Ich weiß", bestätigte Rebekah und sah zu Boden. Ihre Mutter machte sich Sorgen darüber, dass sie sich anstecken könnte. Der Krankheitsverlauf war grausam und sie hatten noch keine Möglichkeit gefunden, ihn aufzuhalten. Im Dorf waren viele Menschen verstorben. Nach einer schier endlosen Nacht war heute Morgen auch Ingrid nicht mehr aufgewacht. "Ich kann ihn nicht länger alleine lassen", bat Rebekah nun. Solveig lag immer noch krank in ihrem Bett. "Ingrid wird in wenigen Tagen beerdigt werden, er braucht jetzt jemanden, der ihm beisteht", fügte sie mit Nachdruck hinzu. Ihre Mutter sollte das verstehen, sie wollte doch auch nicht, dass Elijah litt. Und tatsächlich bröckelte die strenge Fassade. "Geh schnell, bevor dein Vater etwas mit bekommt", riet sie ihrer Tochter und machte ihr Platz. Mit einem, "Danke Mutter", und einer kurzen Umarmung verabschiedete Rebekah sich. Eilig verließ sie das Haus und überwand die wenigen hundert Meter bis zum Haus ihres Bruders. Dort angekommen klopfte sie leise, wartete jedoch gar nicht darauf, dass Elijah sie hereinbat. So leise sie konnte, betrat sie das Haus und schloss die Tür hinter sich. Ihr Bruder hatte sich kaum von der Stelle gerührt. Immer noch hockte er neben der Bettnische seiner Tochter. Vor ihm stand eine Schüssel mit kaltem Wasser und einem Lappen, mit dem er immer wieder Solveigs Stirn abtupfte. Rebekah blieb einen Augenblick lang stehen und lauschte, wie Elijah Solveig leise die Geschichte von Odins goldener Halle erzählte. Er beschrieb ihr die Regenbogenbrücke und Walhalla. Die Halle in der immer gefeiert wurde. Außerdem versicherte er ihr, dass sie ihre Mutter wieder sehen würde, Ingrid würde schon auf sie warten und es würde nicht mehr lange dauern, dann war Elijah wieder bei ihnen. So wären sie alle glücklich vereint. Für immer. Rebekah hatte einen Kloß im Hals. Sie hatte ihren Bruder stets um seine kleine Familie beneidet, sie hätte so gerne auch dieses Glück erfahren. Aus diesem Grund tat es ihr unendlich leid, was gerade passierte. Leise räusperte sie sich und kam näher. "Darf ich mich dazu gesellen?", fragte sie vorsichtig. Als Elijah sich zu ihr umdrehte, lächelte sie traurig. Sie legte ihm die Hand auf die Schulter, um ihn zu trösten. Kurz griff er nach ihrer Hand und drückte sie leicht. "Danke, dass du da bist", kam es mit rauer Stimme von ihm. "Die anderen wollten auch kommen, aber Mutter verbietet es", erklärte sie. Er sollte nicht glauben, dass sie die Einzige war die sich für sein Schicksal interessierte.

Nachdem Solveig eingeschlafen war, kümmerte Rebekah sich um den Haushalt. Sie kochte Essen und versuchte ein wenig aufzuräumen. Sie wusste, dass das vollkommen irrelevant war in solch schweren Zeiten, doch sie wollte sich ablenken und ein so normales Umfeld wie möglich schaffen. Außerdem würde gutes Essen bei der Genesung helfen und ihr Bruder konnte sich vielleicht ein wenig ausruhen, auch wenn Elijah keinen Schlaf fand. Doch Solveig ging es immer schlechter. Zwar hatte die Krankheit später als bei ihrer Mutter begonnen, doch dafür schlug sie umso unbarmherziger zu. Rebekah und Elijah lagen neben der kleinen zierlichen Solveig im Bett als diese ihren letzten Atemzug tat. Elijahs Geschichten von Ragnarök, dem Untergang der Welt, hatte ihr ein Lächeln aufs Gesicht gezaubert. Sanft strich Elijah ihr das Haar aus dem Gesicht. Schon seit Tagen hatte ihr Bruder keine Tränen mehr übrig, sie hingegen wurde von einem neuen Anfall von Trauer geschüttelt. Sie wusste, ihre Nichte würde es gut haben, wo auch immer sie jetzt sein mochte. Dennoch empfand sie nichts als Leere in ihrem Inneren. Wie mochte es da erst ihrem Bruder gehen? Erstaunlich still war er geworden. Ohne etwas zu sagen, nahm sie ihn in den Arm. Erst nach einer Ewigkeit lösten sie sich voneinander. "Ich will sie und Ingrid verbrennen", erklärte er ruhig. Sein Beschluss klang, als hätte er sich viele Gedanken darüber gemacht. Rebekah nickte nur und erhob sich langsam. "Ich hole die anderen", versprach sie. Elijah sollte einen Moment für sich haben, um sich von seiner Tochter und seiner Frau verabschieden zu können.

NIKLAUS

Ganz offensichtlich war er nicht der einzige Verfluchte in der Familie. Auch wenn der Zorn noch tief in ihm brannte, so war er für den Moment verraucht. Elijah ging es schlecht und Klaus wusste nicht, wie er agieren sollte, um seinen Bruder zu unterstützen. Rebekah war Elijah sofort zur Hilfe geeilt und quasi bei ihm eingezogen. Klaus hingegen schlich mit Gyda und Kol um das Haus seines Bruders wie unschlüssige Wölfe um ihre Beute. Sie wollten ihn nicht bedrängen und doch konnten sie schlecht die ganze Zeit Zuhause bleiben und nichts tun. Immer wieder dachte Klaus darüber nach ins Haus zu gehen, doch dort würde er auch nur hilflos daneben stehen und nichts unternehmen können. Ruhelos zog er erneut seine Runde, als Rebekah die Tür öffnete und heraus trat. An ihrem verweinten Gesicht konnte er die schlechte Nachricht schon ablesen. Ohne etwas zu sagen, nahm er seine Schwester in den Arm und drückte sie fest an sich. Für diesen Moment waren sie wieder eine Familie und genau das würden zumindest seine Geschwister auch immer für ihn bleiben. "Mutter bereitet schon alles für die Beerdigung vor", unterbrach er die Stille. Rebekah krallte sich an ihn. Es war nicht schön, dass sie damit schon angefangen hatte, doch die Seuche würde sich rasend schnell ausbreiten, wenn sie nichts dagegen unternahmen. "Er will eine Feuerbestattung", berichtete Rebekah leise und löste sich von ihm. "Ich werde zu ihr gehen, damit alles vorbereitet ist", fügte sie hinzu. Klaus nickte und wartete darauf, dass Rebekah sich auf den Weg gemacht hatte. "Helft ihnen dabei", bat er Kol und Gyda. Er selbst wollte nun endlich zu seinem Bruder. Als die beiden Weg waren, fasste er sich deshalb ein Herz und betrat das Haus. Ingrid lag auf dem Tisch, sie war bereits vorbereitet worden für ihren letzten Gang. Sie trug ihr schönstes Gewand und ihre Haare waren aufwendig geflochten. Solveig lag im Elternbett, zu einer Kugel zusammengerollt, so wie sie gestorben war. Elijah saß am Tisch und blickte in die Leere. Mit wenigen Schritten war Klaus bei seinem Bruder angekommen, vor ihm blieb er stehen und legte ihm die Hände auf die Schulter. "Wir kümmern uns um alles weitere", versprach er ihm. Gerne hätte Klaus noch mehr getan. Er wünschte sich wirklich, es gäbe einen Schuldigen. Einen großen Bären oder einen Täter der Ingrid und Solveig verletzt und somit getötet hatte, dann hätte er mit seinem Bruder losziehen können, um Rache zu üben. Sein Griff um die Schulter seines Bruders wurde fester. "Wenn ich irgendwas für dich tun kann …", fing er an, brach dann aber mitten im Satz ab. Elijah wusste, dass er alles für ihn und seine Geschwister tun würde. Klaus löste seinen Griff, um seinen Bruder nicht doch noch wehzutun, und ließ sich hinter ihm auf die Bank fallen. Schweigend warteten sie bis Gyda sie darüber informierte, dass es losgehen konnte. Die Sonne hing tief über dem See als Elijah Ingrid nach draußen trug und Klaus ihm mit Solveig auf dem Arm folgte.

GYDA

Die Beerdigung von einem Begräbnis in eine Feuerbestattung abzuändern war nicht besonders viel Arbeit. Vor allem da Edda und Alva eh am liebsten auf diese Methode zurückgegriffen hätten. Das Loch, das sie schon gegraben hatten, wurde deshalb zugeschüttet, stattdessen wurde eines ihrer Boote am See vorbereitet. Das Schiff wurde mit Blumen geschmückt und im Inneren wurde Holz aufgestapelt. Darauf legten Elijah und Klaus, Ingrid und Solveig ab. In wunderschönen Kleidern lagen sie nebeneinander. In das Boot wurden zusätzlich Opfergaben beigelegt. Jeder von ihnen hatte für Ingrid und Solveig einen Gegenstand ausgesucht der sie an sie erinnerte und von dem sie wollten, dass die beiden sie in Walhalla dabei hatten. Für Solveig war vor allem Spielzeug zusammen gekommen. Für Ingrid schöner Schmuck und alles, was sie brauchte, um sich ihr Lieblingsessen zu kochen. Dicht an dicht hatten sie sich um das Boot und Elijah versammelt. An diesem Tag spielten ihre eigentlichen Differenzen keine Rolle. Sie wollten Elijah einfach nur zeigen, dass sie nun alle für ihn da waren. Als sie sich alle verabschiedet hatten, bekam er noch einen Moment allein für sich und seine Familie. Gyda beobachtete besorgt wie er neben seiner Familie kniete. Normalerweise wurden in dieser Tradition nur der Jarl und seine Familie bestattet. Falls der Jarl starb, wurde oft seine Geliebte mit verbrannt. Für die Sklaven war dies die einzige Möglichkeit, nach Walhalla zu kommen. Für einen Moment wirkte es so, als würde Elijah darüber nachdenken, mit seiner Familie zusammen unterzugehen, auch wenn es in dieser Weise eher unüblich war. Am Ende kletterte er aber doch noch aus dem Boot und griff nach der Fackel. Ganz vorsichtig zündete er den Holzhaufen auf dem Schiff an. Einige Minuten verweilten sie alle um das brennende Schiff herum. Dann schoben Klaus und Kol es weit auf das Wasser raus wo es gänzlich abbrennen konnte. So standen sie noch Stunden später am See und blickten hinaus, bis das Schiff so weit abgebrannt war, das es schließlich unterging. Als es vorbei war, trennte die Gruppe sich. Das war die erste Nacht, in der Klaus wieder in seinem Elternhaus schlief. Die nächsten Tage hätte man meinen können, dass es keinen Familienstreit gegeben hatte. Die Familie verbrachte in Trauer. Alva und Freya ließen sich nicht blicken und Gyda blieb allein in ihrem Haus, Edda, ihr Mann und ihre Kinder blieben auf diese Weise unter sich.

KOL

Auch wenn Kol nichts mit Ingrid und Solveig hatte anfangen können, traf ihn der Verlust seines Bruders tief. Während alle die Tage in Trauer verbrachten und sie fast nur schwiegen oder alte Geschichten ausgruben, schien ihre Mutter unpassend froh zu sein ihren Sohn wieder in ihrem Kreis begrüßen zu dürfen. Sie versuchte, sich nichts anmerken zu lassen, und so schienen einige nicht einmal zu merken, wie komisch sie sich verhielt. Rebekah und sein Vater zum Beispiel schien es nicht zu wundern wie sehr Edda ihren ältesten Sohn betüdelte. Sie kochte ausschließlich sein Lieblingsessen, sie erwähnte Ingrid und Solveig zwar aber immer nur mit knappen positiven Worten und wenn das Gespräch doch mal länger bei Elijahs Familie hängen blieb, musste sie danach gleich beton, wie schön die Zeit vor seiner eigenen Familie doch für ihn gewesen war. Unterschwellig schwang auch dabei mit, wie schön die Zeit wieder werden würde. Elijah selbst schien das einfach über sich ergehen zu lassen. Kol war sich nicht einmal sicher, ob sein Bruder sich im Moment gerne an seine Familie erinnerte. Zwar kehrte langsam aber sicher das Leben in ihn zurück, doch von seiner alten Fröhlichkeit war gerade, verständlicherweise, nicht viel zu sehen. Drei Tage dauerte die Trauerphase, in der sie nichts anderes taten als Essen und Reden. Danach mussten sie zu ihrem Alltag zurückkehren, sonst würden sie den Winter nicht überstehen. Und es schien Elijah sogar gutzutun sich, um die Tiere und das Gemüse zu kümmern. So wie es schien, würde alles wieder so sein wie früher. Kol musste vor sich selbst zugeben, dass ihn das ein wenig enttäuschte. Er hatte mittlerweile erfahren, was wirklich zwischen Klaus und seiner Mutter vorgefallen war und auch wenn er kein böses Blut zwischen seiner Familie wollte, hatte er sich doch über ein wenig Trubel gefreut. Bevor Elijahs Familie gestorben war, hatte er sogar auf die Ankunft vom Rest der Familie hin gefiebert, da er angenommen hatte, die Situation würde dann erneut hochkochen. Jetzt bezweifelte er dies jedoch. Vermutlich würde seine Familie es einfach unter den Tisch fallen lassen.

REBEKAH

Sie zwang sich, ein Husten zu unterdrücken, doch es gelang ihr immer weniger. Die ersten Symptome waren aufgetreten, nachdem sie Ingrid und Solveig verbrannt hatten. An diesem Abend hatte sie angenommen, dass der Rauch schuld war. In den nächsten Tagen hatte sie es auf die stickig schwüle Luft in ihrem Haus geschoben. Doch die Symptome verschwanden einfach nicht, im Gegenteil. Es wurde immer schwerer, für sie das Husten zu vertuschen, doch sie wollte nicht, dass ihre Familie sich Sorgen um sie machte. Noch weniger wollte sie sich eingestehen, dass sie sich angesteckt hatte. Sie hatte es mit Kräutern versuchte, die man auch Elijahs Familie verabreicht hatte, diese hatten jedoch auch bei ihr keinerlei Wirkung gezeigt. Langsam aber sicher wusste Rebekah nicht mehr, was sie tun sollte. Sie konnte ihrer Familie nicht mehr mitteilen, dass sie sich vermutlich angesteckt hatte. Wie würde das jetzt auch wirken? Andererseits fing sie an, sich Sorgen zu machen. Was wenn sie dasselbe hatte wie all die anderen? Rebekah war sich nicht sicher, ob auch nur einer von ihnen es überlebt hatte. Allein der Gedanke machte ihr Angst. Sie war zu jung zum Sterben. Sie hatte doch noch so viel vor. Ein erneuter Hustenanfall erschütterte sie so stark, dass sie sich an dem Gatter des Stalles festhalten musste. Als sie nach Luft schnappte und aufschaute blickt sie ihrer besorgten Mutter ins Gesicht. Im ersten Moment fühlte sie sich ertappt, als hätte sie etwas Verbotenes angestellt doch dann war sie erleichtert, dass sie dieses Geheimnis endlich losgeworden war. "Ist alles in Ordnung?", fragte ihre Mutter besorgt und kam auf sie zu, um sie zu stützen. Das Futter für die Tiere ließ sie dabei einfach zu Boden fallen. Rebekah flüchtete in die wohlige Umarmung, endlich hatte sie etwas, was ihr wieder halt gab. "Ich habe Angst", gab sie zu und hustete erneut. Ihre Mutter drückte sie gegen die Brust. "Ich werde dafür Sorgen, dass dir nichts passiert, gib mir nur noch ein paar Tage", versprach Edda. Ihr erster Impuls war zu fragen, was ihre Mutter schon tun sollte. Bei Ingrid und Solveig waren sie auch vollkommen hilflos gewesen, sie hatten nichts tun können, als zuzusehen. Doch sie wollte diese Frage nicht stellen. Selbst wenn ihre Mutter sie gerade vielleicht anlog und sie keinen Plan hatte, um sie zu retten, wollte sie sich wenigstens der Illusion einer Möglichkeit hingeben. Das beklemmende Gefühl in ihrer Brust war so innerhalb von Sekunden verschwunden und auch das Husten ließ von einem zum nächsten Moment nach. Ihre Mutter war eine Hexe. Was gab es schon, was sie nicht konnte?

ERIK

Den Göttern gefiel ihre Reise und die Beute die sie gemacht hatten wohl nicht. An dem Tag, andem sie aufbrachen, hatte es noch wunderbar ausgesehen, der Himmel war strahlend blau gewesen. Die Wellen des Meeres und die Stellung des Windes waren perfekt. Doch nach knapp zwei Wochen, mitten in der Überfahrt, war es drastisch schlechter geworden. Mitten in der Nacht hatte es angefangen zu Donnern und zu Blitzen. Thor, der Gott des Donners, und Loki, der Gott des Feuers und der Blitze, feierten wohl ein großes Fest. Der Wind war so stark, sie mussten ihr Segel einholen, damit es nicht riss. Einige Männer waren sich sicher, dass ihre Fracht Schuld an den tobenden Sturm war und das Jörmungandr, die Weltenschlange, sie verschlingen würde. Sie flehten Leif an die Hexen über Board gehen zu lassen, doch er weigerte sich und konterte damit, dass jeder der so feige war, selbst ins Wasser springen sollte. Normalerweise hätte Erik das gefallen, doch die Wellen macht selbst ihm Sorgen. Ihr Proviant würde knapp werden und er befürchtete, dass die meisten Männer nicht stark genug wären, um durchzuhalten. Sollte es so sein hatten sie vielleicht am Ende zu wenig Besatzung, um noch nach Hause zu kommen. Und so sehr er die Abenteuerlust auch zu schätzen wusste, elendig ertrinken wollte auch er nicht. "Wir sollten versuchen, an Land zu gehen und nach dem Sturm weiter zu fahren", schlug er Leif deshalb vor. Er musste brüllen, um von seinem Onkel gehört zu werden. Erst antwortete Leif nicht, doch dann gab er den Befehl weiter. "Und was meinst du, wo wir lang fahren sollen?", fragte er Erik. Er hatte sein typischen schelmisches Lächeln aufgesetzt, doch Erik wusste es besser. Wenn Leif das Kommando abgab, dann weil er selbst nicht weiter wusste. Erik versuchte es mit einem einfachen Zauber, der nicht viel Magie brauchte. Dann deutete Richtung Nordosten. "Wir müssen da lang", versicherte er. Und tatsächlich tauchte eine halbe Tagesreise später eine kleine Insel vor ihnen auf. Mit den letzten verbliebenen Kräften stiegen die Männer ins Wasser und zogen die Schiffe an Land. Danach blieb ihnen nichts anderes übrig als den Sturm auszusitzen. Erik war so erschöpft, er schlief ein, bevor es dunkel wurde.

Mitten in der Nacht wurde er aus dem Schlaf gerissen. Schreie drangen an sein Ohr. Wurden sie angegriffen? Umständlich befreite er sich aus dem Tuch, das sie über das gesamte Schiff gespannt hatten, um sich vor dem Regen zu schützen. Auf den anderen Schiffen konnte er Bewegungen erkennen. Sein eigenes Schiff hingegen war so gut wie leer, nur noch die Sklaven, die sie mitgenommen hatten, waren zu sehen. Sie sahen ihn entsetzt an. Als Erik zum Strand blickte, wurde ihm klar wieso. Groteske Gestalten zeichneten sich gegen den blutroten Vollmond ab. Blitze erhellten den Himmel und beleuchteten die fremden Kreaturen. Sie waren so groß wie ganz normale Männer, doch waren sie dies nicht. Ihre Gesichter waren die von Wölfen und ihre Hände waren riesige Pranken besetzt mit Krallen. Lange konnten sie sich nicht auf zwei Beinen halten. Sie sackten in sich zusammen und rannten auf vier Pfoten davon. Zuerst nahm er an, dass diese Kreaturen auf dieser Insel lebten, und er sah sich suchend nach seinen eigenen Leuten um, doch als er Saga entdeckte, wurde ihm klar, was wirklich vor sich ging. Seine Tante hielt Leif im Arm, der sich unter ihr wandt, als hätte er unerträgliche Schmerzen. Erik konnte dabei zusehen, wie die Gliedmaßen seines Onkels wuchsen und sich verformten. Fell bedeckte einen Großteil seines Körpers. Wie in Trance bewegte Erik sich auf das Geschehen zu. Was tat Saga dort nur? Die anderen Kreaturen mochten zu sehr damit beschäftigt sein sich gegenseitig anzugreifen, aber er war sich sicher, dass sie das nicht ewig ablenken würde. Gerade als er bei Saga angekommen war, war die Wandlung von Leif abgeschlossen. Er riesiger menschenähnlicher Wolf richtete sich mit einem ohrenbetäubenden Geheul auf. Doch Erik fürchtete sich nicht. Tief in ihm wollt etwas diesem Ruf folgen, doch er wehrte sich noch dagegen. Mit einem festen Griff zog er Saga von dem Monstrum fort. "Hör auf damit, das ist mein Mann", erklärte sie und wollte sich losreißen. "Er wird dich töten", zischte Erik wütend. Seine ganze Haut kribbelte. Er fühlte sich angespannt und unruhig. Gerade ignorierte er seinen Zustand jedoch. "Du musst dich mit den anderen in Sicherheit bringen", erklärte er weiter. Leif folgte ihren Schritten mit seinen gelben Augen. Langsam schlich er hinter ihnen her und die anderen Wölfe schlossen sich ihm nach und nach an. Saga wehrte sich nun immer weniger, bis sie es schließlich einsah das er Recht hatte und freiwillig mit ihm mit ging. "Wir müssen sie von den Schiffen fernhalten. Schiebt sie ins Wasser", meinte sie ernst. Etwas lauter wiederholte sie ihren Befehl. Die wenigen Männer, die sich nicht verwandelt hatten, kamen nur zögerlich aus ihren Verstecken im Schiff, doch sie kamen der Aufforderung schließlich nach. Vermutlich war ihnen auch nichts Besseres eingefallen. Erik jedenfalls hoffte, dass seine Tante mit ihrem Vorhaben richtig lag und die Wölfe ihnen nicht ins Wasser folgen würden. Gerade als er ihr ins Schiff half brach er jedoch unter einem lauten Schrei zusammen. Sein Brustkorb schmerzte so sehr, dass er sich nicht mehr aufrichten konnte. Saga sprang wieder aus dem Schiff und strich ihn über den Rücken. "So fing es bei Leif auch an", erklärte sie flüsternd. "Es wird alles gut, wehr dich nicht dagegen", riet sie ihm dann noch. Erik versuchte, ihr in die Augen zu sehen doch sein Sichtfeld verschwamm immer wieder. Dennoch versuchte er, gleichmäßig tief ein und aus zu atmen, und es half tatsächlich. Er konnte spüren, wie ein neues Bewusstsein sich in ihm breit machte. Der Wolf in ihm kratzte sich langsam aber sicher an die Oberfläche. Seine Krallen arbeiteten sich von innen nach außen, bis seine Hand schließlich einer Pranke glich und die Krallen endlich an der Oberfläche angekommen waren. Bei jedem tiefen einatmen konnte er spüren, wie sein Brustkorb sich weiter ausdehnte. Er konnte hören, wie seine Stimme immer tiefer wurde. Eigentlich wollte er noch etwas sagen, doch mehr als ein Knurren drang nicht aus seiner Kehle. Und dann war es, als ob jemand anderes die Kontrolle übernahm. Zwar bekam Erik alles mit, doch er hatte keine wirkliche Handhabe mehr über seinen Körper. Wie in einem Traum konnte er beobachten, wie Saga das Schiff ins Wasser schob und schließlich an Board ging. Dann wandte er sich zu den anderen Wölfen um. Was eben noch bedrohlich gewirkt hatte, erschien ihm jetzt viel eher wie ein Begrüßungskomitee. Das hier war seine Familie und er konnte es nicht abwarten mit ihnen Seite an Seite durch die Nacht zu laufen. Alles in seinem Körper spannte sich schon einmal voller Vorfreude an, doch erst als Leif losstürmte, durfte auch er sich in Bewegung setzen. Warum das so war, war ganz einfach. Er war ihr Anführer. Ohne Zweifel würde jeder von ihnen alles tun, was er wollte.

Das Rascheln der faustgroßen Steine und die ersten Sonnenstrahlen weckten Erik langsam. Er lag zu einer Kugel zusammengerollt am Steinstrand. Neben und hinter ihm lagen andere Männer, dicht an dicht gedrängt. Langsam erhob er sich. Sein Schädel dröhnte und jeder seiner Muskeln schmerzte. Er versuchte, sich daran zu erinnern wie er hierher gekommen war oder was passiert war, doch sein Gedächtnis schien nicht ganz vollständig zu sein. Nur nach und nach kamen Bruchteile davon zurück. Er und die anderen hatten sich verwandelt. Sie waren über die Insel gehetzt und hatten kleinere Tiere gejagt. Gerne hätten sie etwas größeres Gerissen, doch die Insel gab nicht besonders viel her. Leider waren ihre Kameraden auf das tosende Meer geflüchtet. Obwohl es die ganze Nacht über geregnet und gedonnert hatte, hatten sie versucht, die Schiffe zu erreichen doch das Wasser war zu tief gewesen. Am Ende hatten sie sich am Strand zu einem Haufen zusammen gerottet und waren eingeschlafen. Sie, das waren die Wölfe. Erik konnte tief im Inneren seinen Wolf noch spüren. Es war, als würde er sich sein Bewusstsein teilen. Der Wolf in ihm war müde, doch gleichzeitig spritzte er die Ohren, als erwartete er, dass sie vielleicht doch noch mal zur Jagd aufbrechen würden. Ihm war bewusst, dass diese innere Bestie unangenehm sein sollte, doch sie wirkte ungewohnt vertraut. Außerdem war da noch etwas. Er konnte deutlich Magie in sich spüren. Wie ein wohliges Gefühl im Magen nach einer heißen Suppe fühlte es sich an. Normalerweise musste er etwas anzapfen, um über Magie zu verfügen und einen Zauber zu sprechen. Irgendwann war sein Speicher leer und er war nicht mehr dazu in der Lage zu zaubern. Jetzt fühlte es sich vollkommen anders an. Er war sich sicher, dass das an seinem Inneren Wolf lag.

Während die anderen den Schiffen signalisierten, dass sie wieder an Land kommen sollten, blieb er einfach sitzen und beobachtete den Horizont. Saga und Leif fielen sich in die Arme und riefen schließlich alle zusammen. Ein wildes Durcheinander von Stimmen verlangte nach einer Erklärung. "Ihr seid verflucht, durch eine dieser Fremden", erklärte Erik schließlich mit lauter Stimme. Ruhe kehrte langsam ein. "Es ist kein Fluch, es ist ein Geschenk", widersprach Leif ihn. Er schien äußerst zufrieden. "Denkt doch mal nach, was wir damit alles anstellen können!", fügte er hinzu. Saga schien skeptisch, doch sie ließ ihren Mann weiter sprechen. "Wir sollten uns aufteilen. Saga und die anderen reisen zurück und sichern unsere Beute und wir reisen weiter nach Süden. Dort soll es noch viele Schätze geben", erklärte er, während er grob in den Steinsand zeichnete wo sie lang fahren würden. Erik erinnerte sich an anderen Wikingern, die auf Beutezug gegangen waren und von diesem Land berichtet hatten. Frankenreich hieß das fremde Land und dort gab es noch einiges zu holen. "In ein paar Wochen sind wir wieder Zuhause und reicher als jemals zuvor", versprach Leif und seine Männer waren begeistert. Nur Erik hielt nicht so viel von diesem Plan. So viele Fragen schwirrten in seinen Kopf. Diese fremde Frau hatte ihnen sicherlich kein Geschenk machen wollen, welche Konsequenzen würde es also noch haben. Auch wenn er sich gerade gut fühlte, irgendetwas sagte ihm, dass das noch nicht alles war. Zudem wollte er verstehen, wie dieser Zauber funktionierte. Von solch einer Magie hatte seine Mutter ihm noch nie erzählt. "Ich werde Saga und die anderen begleiten", meinte er deswegen zu Leif, nachdem dieser mit seinen Erklärungen fertig war. Die anderen Männer beluden bereits die Schiffe. Drei Schiffe würden Heimkehren der Rest würde mit Leif mit fahren. "Wieso willst du nicht mit kommen?", fragte Leif enttäuscht. "Ich muss mehr über diesen Zauber herausfinden", erklärte er nur kurz. Leif verstand es vermutlich nicht, aber Magie, die man nicht kannte, war stets gefährlich. "Die Abmachung beinhaltete eh nur eine Reise", mischte Saga sich nun ein. Erik musste gestehen, dass seine Mutter sicherlich wütend wäre, wenn er noch länger wegblieb, doch das war nicht Teil seiner Überlegung gewesen. "Lass Erik doch zurückfahren und ich komme mit dir", bot sie an. Doch Leif schüttelte den Kopf. "Valdis und Gyda wären sicherlich enttäuscht. Ich werde so schnell wie möglich nach kommen", versprach Leif erneut. Erik unterdessen zog sich zurück. Er hatte keine Lust, zwischen den Fronten zu stehen, wenn seine Tante und sein Onkel sich stritten. Die beiden waren eigensinnig, da hielt man sich besser raus. Am Ende hatte Saga sich mit ihrer Rolle abgefunden. Während sie den restlichen Proviant bekommen hatten, würde Leif mit seinen Männern noch einen Tag auf der Insel bleiben, bevor sie ebenfalls aufbrachen.

GYDA

Was ihre Tante wohl jetzt schon wieder vor hatte? Gyda hatte eigentlich gar keine Lust, es heraus zu finden. Sie konnte verstehen, dass alle Elijah beistehen wollten und deswegen so taten, als wäre nichts geschehen, gefallen tat es ihr jedoch nicht. Sie selbst konnte dieses Spiel jedenfalls nicht mit spielen, deswegen hatte sie sich auch seit Tagen nicht bei ihren Verwandten blicken lassen. Gestern allerdings hatte Klaus sie gebeten heute Nacht zum Familientreffen zu kommen. Er hatte keine Ahnung, worum es ging und sie somit auch nicht, aber es erschien ihm wohl wichtig. Gyda tat ihm also den Gefallen. Vielleicht überraschte ihre Familie sie ja doch noch und es wurde endlich alles besprochen. Das sie sich ein wenig außerhalb ihres Hofes bei der großen Esche trafen, machte sie jedoch skeptisch. Dass das Ganze nach Einbruch der Dunkelheit stattfand, machte es nicht besser. Irgendetwas hatte Edda vor, da war sie sich ganz sicher und sie befürchtete, dass es nichts Gutes war. Das Gefühl verstärkte sich als sie schon von Weitem hören konnte, wie Alva und Edda sich stritten. "Du solltest das nicht tun", mahnte Alva mit scharfer Stimme. "Ich muss, Rebekah geht es von Tag zu Tag schlechter", erklärte Edda sich. Ihre Tante klang verzweifelt. Rebekah und ihre Geschwister kamen nun ebenfalls dazu, begleitet von Mikael. Rebekah hustete und Gydas Nackenhaare stellten sich auf. Sie musste sich angesteckt haben. Ingrid hatte es relativ schnell dahin gerafft, doch auch Rebekah sah bereits blass aus, sie würde nicht mehr viele Tage haben. Ohne weiter nach zu fragen folgte sie der Gruppe zum Baum. Dort standen bereits Edda, Alva und Freya. "Ich werde mich nicht daran beteiligen, du hast schließlich keine Ahnung, was du damit anrichtest", sprach Alva weiter. Edda standen die Tränen in den Augen. "Ich kann nicht warten bis du einen anderen Weg gefunden hast", meinte sie dennoch bestimmt. Alva packte Freya bei den Schultern und zog sie mit sich, als sie bei Mikael angekommen war, blieb sie noch einmal stehen und sah ihn lange an. Gyda erwartete fast, dass Alva noch etwas sagte, doch sie beließ es dabei und ging. "Was geht hier vor sich?", fragte Gyda nun doch und blickte in die Runde. Kol schien, wie immer darauf zu warten was geschah, um sich daran zu amüsieren, Rebekah wirkte einfach nur verzweifelt und Klaus und Elijah schienen nicht zu wissen, was hier vor sich ging. Ihr Blick blieb deswegen bei Edda hängen. "Ich habe ein Ritual vorbereitet, um euch zu schützen", erklärte diese und drückte den Rücken durch um selbstbewusster zu wirken. "Ein Ritual?", harkte Gyda nach. Edda blickte an ihr vorbei zu ihrem Mann. Anscheinend gab ihr das halt. Gyda wunderte es allerdings, dass Mikael bei der Sache mit machte. Normalerweise hielt er von Magie schließlich gar nichts. "Es gibt zu viele Feinde, gegen die wir nichts machen können. Wenn Leif und seine Männer wieder kommen werden Werwölfe uns überrennen und wenn diese uns nicht töten, dann wird es diese furchtbare Krankheit tun", erklärte Edda ruhig und bestimmt. Gyda runzelte die Stirn. "Werwölfe?", fragte sie nach. Ihr war klar, was Klaus war und sie hatte begriffen, dass ihren Vater vermutlich dasselbe Schicksal ereilt hatte, aber sie hatte angenommen, dass ihre Tante dies alles vor Mikael geheim hielt. Gyda drehte sich deswegen um und sah Mikael an. Doch sie konnte nur schwer aus der Mimik ihres Onkels lesen. "Ja, Alva hat den Fluch entschlüsselt. Diese fremde Hexe hat deinen Vater und seine Leute dazu verdammt sich bei jedem Vollmond in Wölfe zu verwandeln, die großes Unheil anrichten werden", informierte Edda sie, als ob sie zum ersten Mal davon hören würde. Gydas Blick schweifte nun weiter zu Klaus. Es fiel ihr immer noch schwer, zu glauben, dass ihr Vater ihre Mutter mit Edda betrogen hatte, doch eine andere Erklärung gab es für Klaus nicht. Dennoch fragte sie sich, wieso er davon betroffen war. Anscheinend hatte es der Hexe nicht gereicht, die Männer zu verfluchen, die beteiligt waren. Nein sie musste alle Generationen verflucht haben. Und doch hatte sie im Dorf von keinem anderen Wolf gehört. "Wieso haben sie sich nicht früher verwandelt?", fragte sie also nach und drehte sich wieder zu Edda um. "Das Blót ist schon ewig her", fügte sie hinzu. "Alva meint, dass es vermutlich mit dem Mond zu tun hat und mit den scheußlichen Taten die dein Vater auf seinen Beutezügen anrichtet", sprach Edda weiter. Mit Gräueltaten meinte sie die Männer, die ihr Vater umbrachte. Gyda konnte nur schnauben. "Wie schön das alles für dich passt", meinte sie wütend, doch bevor sie zu Wort kommen konnte, erhob Edda wieder ihre Stimme. "Das Ritual wird euch stärker machen, vertraut mir einfach", versicherte sie. Danach fing sie an die Utensilien vor ihr zu ordnen. Ein Messer und eine Schale waren Bestandteil des Rituals. Gyda gefiel das Ganze immer noch nicht, doch bevor sie weiter sprechen konnte, wurde sie von Klaus zurückgezogen.

NIKLAUS

Er war sich nicht sicher wie das Ritual aussehen sollte das seine Mutter abhalten wollte, doch er und seine Geschwister waren sich einig, dass sie es durchziehen wollten. "Es wird uns unsterblich machen", flüsterte er Gyda ins Ohr, nachdem er sie neben sich gezogen hatte. Sie warf ihm einen zweifelnden Blick zu. "Vertrau mir", bat Klaus. Er hatte seine Mutter und Alva belauscht als sie darüber gesprochen hatten. Seine Mutter hatte Angst eines ihrer Kinder zu verlieren und wollte deswegen dafür sorgen, dass sie durch so gut wie nichts sterben konnten. Alva war natürlich dagegen, wie so oft wenn es darum ging die Magie für sich selbst zu nutzen. Doch Elijah und er waren sich einig, bevor Rebekah starb, sollten sie diese Prozedur abhalten. Und es verstand sich von, selbst dass sie ihre Schwester nicht alleine lassen würden. Edda hatte es sogar geschafft Mikael davon zu überzeugen, dass es von Nöten war. Schweigend sahen sie deswegen dabei zu, wie Edda mit dem Messer ihr Handgelenk aufschlitze. Sie ließ das Blut in fünf Becher tröpfeln. Die Worte, die sie dabei vor sich her murmelte, waren düsterer als sonst. Vielleicht lag es aber auch einfach an dem rötlichen Mondschein, der über sie hereingebrochen war. Nachdem sie die Blutung an ihrem Arm gestillt hatte, lies sie zerkleinerte Kräuter in die Becher rieseln. Ihre Worte versprachen schier unendliche Kraft, eine nie enden wollendes Leben und verbesserte Sinne. Insgeheim hoffte Klaus, dass er sich nach diesem Ritual wieder vollständig fühlen würde. Vielleicht würde es die Unterdrückung seines Fluches aufheben und er würde sich wieder so fühlen wie früher. Ihr Vater reichte jedem von ihnen einen Becher. "Trinkt", befahl ihre Mutter. Rebekah kippte den Inhalt in einem Zug hinunter, als hätte sie Angst vorher umzukippen. Kol nippte nur an seinem Gebräu. Elijah wartete darauf, dass er etwas getrunken hatte. Nur Gyda schien sich noch zu weigern. "Bitte spiel mit", bat er mit blutroten Lippen. "Ich vertraue deiner Mutter einfach nicht", zischte Gyda zurück, kam aber seiner Bitte nach und trank ebenfalls einen Schluck. Als Nächstes Griff Mikael nach dem Messer. Klaus Muskeln spannten sich an. Dennoch hielt er sich zurück, während Mikael auf Rebekah zu ging. Rebekah sah ihren Vater voller Vertrauen an. "Ich dachte, ihr wollt sie heilen?", mischte Klaus sich nun doch ein und sah zu seiner Mutter. Die Frau würde doch niemals zulassen, dass ihrer eigenen Tochter etwas zustieß. Oder doch? "Es gehört zum Ritual", versprach diese jedoch. Mikael hielt seiner Tochter den Mund zu, während er ihr ins Herz stach. Mit einem unterdrückten Schrei ging sie zu Boden. Gyda machte einen Satz nach hinten und sprang so in ihn hinein. Klaus blickte fragend zu Elijah. "Sie wird nicht wirklich tot sein", meinte dieser, doch er schien sich nicht ganz sicher zu sein. "Alles hat eben einen Preis", kommentierte Kol die Situation, allerdings schien er nicht so unbesorgt zu sein wie sonst. Dennoch ging er auf seinen Vater zu, als dieser ihn darum bat. Auch Kol starb durch einen Stich im Herzen. "Elijah du bist der nächste", kam es von Mikael und er winkte seinen ältesten zu sich. "Zuerst ist Niklaus dran, so haben wir es besprochen", wandte Elijah ein. Anscheinend machte er sich sorgen, dass sein Vater sein Versprechen brechen würde. Es hatte viele Diskussionen gegeben bevor sie hier, als geschlossene Gemeinschaft aufgetreten waren. Mikael hatte zuerst natürlich nur Rebekah daran teilnehmen lassen wollen. Sie war die Einzige, die krank war. Der Rest würde es in seinen Augen schon schaffen. Edda hatte ihn schließlich mit einer tragischen Geschichte über Valdis dazu überreden können Kol und Rebekah zu wandeln und sie so für immer vor jeglichem Unheil zu retten. Doch vor allem Rebekah hatte darauf bestanden, Elijah und Niklaus ebenfalls mit ein zu beziehen. Mikael war nicht davon begeistert. Dieser unnatürliche Vorgang behagte ihm nicht. Doch er liebte seine Kinder so sehr, dass er zugestimmt hatte. Und Klaus. Nun er hatte eben darauf bestanden, Gyda mit zu verwandeln. Sie waren schließlich eine Familie und seine Mutter hatte sich schließlich beugen müssen. Klaus musste gestehen, dass es ihm gefallen hatte, ein Druckmittel gegen sie in der Hand zu haben. Jetzt war er sich allerdings nicht mehr sicher, ob er das hier wirklich mitmachen wollte. Als er zusehen musste, wie Elijah zu Boden sackte, wollte er auf Mikael losgehen, doch dieses Mal war es Gyda, die ihn abhielt. Sie wandte sich zu ihm um und sah ihn an. "Wenn, dass dazu gehört, musst du mit spielen", ermahnte sie ihn. "Ich werd das machen", meinte sie dann bestimmt zu Mikael und drehte sich zu ihm um. "Oder ist es wichtig, dass er es tut?", fragte sie an Edda gewandt. "Nein, ist es nicht", versicherte diese. Gyda nahm das Messer also entgegen. Klaus konnte den inneren Impuls sich zu wehren dennoch nur schwer unterdrücken.

Genau in dem Moment in dem Gyda zustieß Griff er nach dem Messer, doch sie zog es bereits aus seiner Brust und stach bei sich selbst zu. Danach empfang Klaus nichts als Schwärze, er merkte nicht einmal mehr wie er auf dem Boden aufschlug.

Neumond

DU

“Ihr seid wohl nicht gestorben?”, kommentierst du Gydas Ausführungen, während ihr endlich die Treppe nach oben entlang schreitet. Ein wenig fürchtest du dich davor, was dich dort erwartet. Zwar hörst du Musik, die sicherlich nicht von den Vampiren aufgelegt worden war, doch Stimmen kannst du keine wahrnehmen. Dafür hörst du allerdings auch niemanden schreien. Vielleicht waren doch alle schon weg, bevor die Vampire aufgewacht sind. Und wenn es so war, würdest du dann als Snack herhalten müssen? “Nein, es war ein Neuanfang, allerdings war er ganz anders als wir uns das vorgestellt haben”, bestätigt Gyda deine Vermutung. “Wir sind mit der Vampir-Geschichte fast fertig”, versprach sie, als ihr oben ankommt. Sie hatte sich zu dir umgedreht, als wollte sie sich vergewissern, wie es dir geht. “Ich hoffe, du hast einen stabilen Magen”, fügt sie noch hinzu, während sie die letzte Tür ins Haus durchschritt. Mit einem unguten Gefühl folgst du ihr.

VALDIS

Der Tod war ganz anders als sie sich ihn vorgestellt hatte. Tagelang hatte sie sich herum gequält. Sie hatte fast keinen Schritt mehr vor den anderen setzen können. Das Fieber hatte ihr jegliche Sinne benebelt. Sie hatte Dinge gesehen, von denen sie sich sicher war, dass sie gar nicht da waren. Doch das Sterben an sich war einfach gewesen, viel leichter, als sie gedacht hatte. Endlich hatte sie wieder tief ein und ausatmen können und schließlich hatte sie sich einfach fallen lassen. Wie auf Wolken hatte sie gelegen. Doch sie war nicht nach Walhalla gekommen und auch Hel hatte sie nicht verschlungen., stattdessen hatte sie zusehen können, wie Klaus sie nach Hause getragen hatte und wie Gyda sie schließlich beerdigt hatte. Die Trauer der beiden hatte sie erst nicht verstehen können. Sie war ganz offensichtlich noch hier, auch wenn das hier ein wenig anders war. Ihre Welt schien leerer, jede Farbe war blasser. Sie konnte das Wetter zwar sehen, doch schien es nicht bei ihr anzukommen. Schnell war ihr klar geworden, dass sie nichts tun konnte. Sie konnte nichts anfassen und mit niemanden reden. Sie konnte sich frei bewegen, doch sie sah keinen Grund wegzugehen. Die Welt zu erkunden, wenn man nichts in ihr anstellen konnte, war nicht besonders befriedigend. Sie fragte sich, ob das eine Art Strafe war, doch von so etwas hatte sie noch nie gehört. Die ersten Tage verbrachte sie damit, Alva über die Schulter zu schauen und so endlich einen Blick in deren Bücher zu erhaschen. Endlich konnte sie die ganzen Geheimnisse, die sie gesucht hatte, ergründen. Leider war auch das nicht befriedigend. Sie konnte ja niemanden mehr davon berichten. Dennoch wollte sie sich von dieser neuen Situation nicht unterkriegen lassen. Auch wenn sie noch nicht wusste, wie sie es anstellen sollte, würde sie ihren Nutzen daraus ziehen. Viel Zeit herum zu experimentieren hatte sie aber nicht. Stattdessen versuchte sie, ihrer Familie bei zu stehen, obwohl diese von ihrer Anwesenheit nichts mit bekam. Sie stand Klaus bei, als dieser sich das erste Mal verwandelte. So gerne hätte sie ihm gesagt, dass alles gut war. Und auch jetzt stand sie dicht bei ihrer Schwester und schrie in die Leere. Was taten ihre Verwandten denn da? Ihre Schwester schien doch schon zu merken, dass Edda nichts Gutes vor hatte. Wieso machte sie also mit? Und Klaus und die anderen, diejenigen die für sie immer wie ihre eigenen Geschwister waren, die taten ebenfalls nichts dagegen. Valdis sah hilflos zu, wie sie alle starben und zusammen sackten. Danach sah sie zu, wie Edda ihre Kinder beerdigte. "Bis zum Morgengrauen werden sie wieder aufstehen", versicherte diese ihrem Mann. Valdis jedoch wusste es besser. Sie würden nie wieder so sein wie früher. Sie hatte den Zauber in Alvas Grimoire entdeckt. Er musste schon lange im Familienbesitz sein, Valdis hatte aber noch nie von ihm gehört. Leider hatte sie sich die Seite nicht lange genug ansehen können, um den Zauber wirklich zu verstehen. Doch er hatte etwas Düsteres an sich. Etwas Ungutes.

ELIJAH

Seiner Familie zu vertrauen war ihm früher nie schwergefallen. Heute war er sich nicht sicher, wohin sie dieses Ritual führen würde. Ihre Mutter hatte versucht, zu erklären, dass sie dadurch ein besseres Leben führen konnten. Dass sie niemanden von ihnen je verlieren musste und dass sie sich auch untereinander nie verlieren würden. Doch Elijah konnte das nicht so ganz glauben. Sein Vater hatte stets Angst vor den Folgen der Magie und hatte sie deswegen vollkommen aus ihrem Haus verbannt. Wieso sollte er jetzt seine Meinung geändert haben? Hatte er wirklich so viel Angst, dass diese Krankheit sie dahin raffte? Und wenn es so war, wieso hatte seine Mutter nicht schon vorher erwähnt, dass es einen solchen Zauber gab? Wieso hatte seine Familie sterben müssen? Andererseits wollte er, dass die Worte seiner Mutter wahr waren. Er wollte nicht, dass Rebekah dasselbe durchmachte wie Ingrid und Solveig. Er wollte nicht noch jemanden verlieren. Als sein Vater ihm das Messer ins Herz stach, hatte er jedoch eine andere Hoffnung. Im Stillen gab er sich der Vorstellung, hin wieder mit seiner Frau und seiner Tochter vereint zu sein. Die Vorstellung ließ ihn ohne Furcht zu Boden gleiten. Selbst wenn er nicht mehr aufwachen und mit seinen Geschwistern vereint sein sollte, hoffte er doch, wenigstens im Tod sein Glück wieder zu finden. Doch die Dunkelheit lichtete sich langsam, zumindest in seinem Geiste, denn als Elijah die Augen öffnete, war es immer noch düster um ihn herum. Es roch nach Erde und etwas drückte schwer auf seinen Brustkorb. Regungslos nahm er die Welt um sich herum war. Alles war intensiver. Obwohl er offensichtlich begraben war, konnte er Stimmen über sich hören und als er sich doch dazu durch rang, den Arm zu heben, war es ein leichtes für ihn sich durch die frisch aufgewühlte Erde zu graben. An seinen Fingerspitzen konnte er kühle Luft spüren. Wenige Wimpernschläge später hatte Elijah sich gänzlich aus seinem Grab befreit. Seine Mutter und sein Vater warteten einige Meter entfernt auf ihn. "Du hast uns beerdigt?", fragte Elijah empört nach. "Erst bringst du uns um und dann trägst du uns zu Grabe?", beschwerte er sich weiter. So hatte seine Mutter den Vorgang ihrer Verwandlung nicht beschrieben. Ohne Mühe erhob er sich. Er fühlte sich kraftvoller als jemals zuvor und wütender. Die

Trauer über seinen Verlust kehrte mit voller Wucht zurück. "Wieso haben wir das nicht schon gemacht als es Ingrid und Solveig nicht gut ging?", fragte er also nach. Doch seine Mutter sah nur betreten zu Boden. "Wieso?", forderte Elijah erneut wütend. Seine Stimme war so laut, dass er damit Tote hätte wecken können und tatsächlich kam hinter ihm die Erde noch mehr in Bewegung. Anscheinend war er der Erste, der aufgewacht war. "Es war der letzte Ausweg", erklärte Edda nun und sah ihn entschuldigend an. "Ich wollte eigentlich nicht darauf zurückgreifen", kam es mit einem erstickten Schluchzen von ihr. Seine Wut verschwand so eilig, wie sie gekommen war. Seine Mutter war eine zierliche Frau, die stets von ihrem Mann dominiert wurde. Er wollte nicht genau so sein wie sein Vater, deshalb wandte er sich von ihr ab. Lieber versicherte er sich, dass es seinen Geschwistern gut ging.

KOL

Irgendetwas stimmte nicht. Kol fühlte sich anders als sonst. Das er unter der Erde war, nahm Kol zeitversetzt wahr. Schnell befreite er sich aus der unangenehmen Lage und schnappte nach Luft. "Was habt ihr gemacht?", fragte er nach. Natürlich hatte er verstanden, was für ein Ritual seine Mutter abgehalten hatte, doch er hatte nicht angenommen, dass er sich danach innerlich so leer und kalt fühlen würde. Seine Mutter hatte ihnen ewiges Leben versprochen. Der Zauber hatte sich, darum gedreht sich schneller zu bewegen, als es selbst die Werwölfe konnten. All ihre Sinne sollten gesteigert werden und das waren sie auch. Doch da war noch etwas anderes. Kol versuchte sich an einem einfachen Zauber. Er wollte das Loch, dass er im Boden hinterlassen hatte wieder zu schütten, doch es funktionierte nicht. "Warum?", fragte er eher sich selbst als jemanden anderen. Er blickte seine Hände an. Seine Magie war weg. "Es tut mir leid", hörte er die Stimme seiner Mutter an sein Ohr dringen. Langsam blickte er auf und sah sie entsetzt an. "Ich wusste nicht, dass das passieren würde", erklärte sie weiter. Ihre Worte erreichten zwar sein Ohr, doch wahrhaben wollte er es nicht. "Mach das wieder rückgängig", befahl er, während er auf sie zu ging. Doch Elijah hielt ihn auf. "Das kann sie nicht", meinte dieser ruhig. Natürlich konnte Elijah so gelassen bleiben. Seine Geschwister hatten sich nie für die Magie ihrer Familie begeistern können. Sie waren unfähig und konnten nicht nach empfinden, wie es ihm nun ging. Er war seiner besonderen Fähigkeit beraubt und der Verlust war körperlich spürbar. "Es gibt immer einen Weg", rezitierte er seine Tante. "Kümmer dich darum", schrie er seine Mutter schließlich an. Sie sollte aufhören, hier herum zu stehen und dabei zuzusehen, wie schlecht es ihm ging. Seine Mutter rührte sich allerdings nicht, stattdessen ging sein Vater einen Schritt auf ihn zu. "Hört sofort auf, so undankbar zu sein und so mit eurer Mutter zu reden", befahl er. Kol wollte sich weiter beschweren. Er war sich sicher, stärker zu sein als sein Vater, doch Elijah hielt ihn immer noch fest. "Wir werden eine Lösung dafür finden", versprach sein älterer Bruder ihm. Kol war davon allerdings nicht überzeugt. Langsam dämmerte ihm, dass das vermutlich der Preis war, den er zu zahlen hatte. Sicherlich war er höher als der Preis der anderen, doch er war keine

Heulsuse. Er wusste, wie man das beste aus jeder Situation machte. Er würde schon einen anderen Weg finden. Es gab immer mehrere Möglichkeiten. Vielleicht waren sie seiner Mutter nicht bekannt, doch es gab noch mehr Hexen. Diese Nonnen, dort wo sein Vater herkam, zum Beispiel. Es musste auch in anderen Städten noch mehr geben. Diese fremde Hexe hatte fremde Magie gewirkt, wer wusste also schon, was noch alles möglich war? Kol dämmerte so langsam, dass seine Familie vermutlich nicht so viel Ahnung hatte, wie sie glaubte. Vielleicht gab es eine ganz andere Form von Magie, die ihm nun zur Verfügung stand. Er würde sie finden und wenn er jeden Stein auf der Welt dafür umdrehen musste. Kol war sich sicher, dass er dafür nun genug Zeit hatte.

REBEKAH

Ihr schlug das Herz bis zum Hals. Sie hatte wirklich gedacht, dass sie sterben würde. Alles war schwarz um sie herum geworden und sie hatte erwartet, Odin zu sehen oder wenigstens eine Walküre. Nichts dergleichen war der Fall. Stattdessen war es, als hätte sie einfach eine Nacht durchgeschlafen. Allerdings hatte sie Angst vor dem Aufwachen. Was wenn es nicht funktioniert hatte? Stimmen drangen an ihr Ohr. Elijah und Kol waren anscheinend schon wach und ihre Eltern konnte sie auch heraus hören. Leider schienen sie sich schon wieder zu streiten. Rebekah hielt es nicht aus. Obwohl sie es eklig fand, sich durch die Erde zu wühlen, blieb ihr wohl nichts anderes übrig. Schmutzig wie sie war, kroch sie einige Meter über den Boden. "Hört auf euch zu streiten", bat sie. Hilfesuchend streckte sie eine Hand aus, bis Elijah ihr schließlich auf half. Unbeholfen stolperte sie einige Meter vorwärts. Sie fühlte sich wie immer, nur dass das Kratzen in ihrem Hals verschwunden war. Sie hatte keine Probleme durchzuatmen und musste auch nicht husten. Außerdem war der Anflug von Fieber vollkommen verschwunden. "Es hat funktioniert", rief sie freudig aus und fiel ihrer Mutter um den Hals. Dabei hatte sie so viel Schwung, dass sie zusammen umfielen. "Tut mir leid", meinte sie schnell und erhob sich wieder. Eilig versuchte sie, ihrer Mutter ebenfalls aufzuhelfen. So viel Kraft hatte sie noch nie besessen. Für Rebekah war das ein Grund mehr sich zu freuen. "Wir sollten einmal um die Wette rennen", schlug sie vor, doch ihre Brüder wirkten nicht so begeistert wie sie. "Seid nicht solche Spielverderber", beschwerte sie sich. "Wir warten noch auf die anderen", wandte Elijah ein. Rebekah sah zu den beiden verbliebenden Gräbern. Sie konnte Nik und Gyda atmen hören und ihren Herzschlag vernahm sie ebenfalls. Überhaupt schien der Wald voller Leben, obwohl die Sonne noch nicht aufgegangen war, raschelte es bereits im Unterholz. Wie ein kleines Kind konnte sie es kaum erwarten, die Welt neu zu entdecken. "Dann veranstalten wir wenigstens gleich eine Feier", beschloss sie und egal was die anderen sagten, dieses Mal würde sie sich nicht rein reden lasen. Während sie darauf wartete, dass Nik ebenfalls zu ihnen stieß, klopfte sie sich den Staub aus ihren Sachen. Sie wollte anständig in ihr neues Leben starten.

NIKLAUS

Egal was Rebekah von sich gab, es ging ihm nicht besser, auch nicht als er sich aus der Erde gegraben hatte. Es hatte nicht funktioniert und Klaus musste zugeben, dass ihn das enttäuschte. Sein innerer Wolf war nicht zurückgekehrt und so konnte er seine neue gewonnenen Fähigkeiten nicht genießen. Natürlich war es nett besser zu hören, und wie sie gemeinsam schnell heraus gefunden hatten, konnten sie sich extrem schnell fortbewegen. Ihre Eltern konnten mit ihren menschlichen Sinnen nicht mehr wahrnehmen, wo sie lang liefen. Stärker waren sie auch. Klaus musste das nicht mal testen, um die Ausmaße abschätzen zu können. Alles fühlte sich neu und großartig an. Rebekah war vollkommen aus dem Häuschen. Sie sprang herum wie ein kleines Kind. Es fehlte nur noch der Gesang und die Vögel. Elijah schien gefasst und nicht gerade unzufrieden und sogar Kol schien nach seinem anfänglichen Gemecker die Vorteile zu genießen. Nur Gyda lag immer noch unter der Erde. Sie war wach. Klaus hatte das an ihrer Atmung ausmachen können, doch anscheinend wollte sie nicht aufstehen. Seiner Meinung nach war ihr Verhalten kindisch, oder aber sie versuchte, theatralisch zu sein, auf beide Spielchen wollte er sich nicht einlassen. Seine Familie und er würden nun erst einmal feiern, normalerweise zumindest. “Wir sollten ins Haus gehen”, bat Edda ihre Kinder. “Wir wollen aber noch nicht”, widersprach Klaus. “Ihr müsst, die Sonne wird bald aufgehen”, hörte er Gyda hinter sich sagen. Er wandte sich um. Anscheinend hatte sie es sich doch noch anders überlegt. “Ich wollte euch die gute Stimmung nicht verderben”, erklärte sie schulterzuckend. “Was ist mit der Sonne?”, fragte er nach. Sein Blick schnellte zu seiner Mutter zurück. “Es gibt einige Konsequenzen”, fing Edda schließlich an. Sie wartete einen Moment, bis all ihre Kinder sich vor ihr versammelt hatten. “Ihr müsst aufpassen. Sie Sonne wird euch verbrennen”, berichtete sie entschuldigend. “Also bitte kommt rein”, wiederholte sie und machte sich auf den Weg zurück. Während Klaus und seine Geschwister ihr Elternhaus betraten, schlug Gyda den Weg zu ihrem Haus ein, doch an der Schwelle blieb sie stehen. Klaus konnte beobachten, wie sie versuchte einzutreten, doch sie scheiterte an einer unsichtbaren Mauer. “Ich komme nicht rein”, beschwerte sie sich. Innerhalb von einem Augenblick stand sie neben Klaus und blickte Edda fragend an. "Ihr müsst hineingebeten werden", gab Edda schließlich zu. "Wie gut das niemand da ist", kam es zischend von Gyda. "Du wirst wohl bei uns unter kommen müssen", meinte Klaus und trat ein, nachdem seine Mutter ihn dazu aufgefordert hatte. "Eigentlich würde ich lieber in der Sonne verbrennen", kommentierte Gyda die Situation. Anscheinend war sie aber doch nicht sadistisch genug und folgte ihrem Halbbruder, nachdem Edda auch ihr den Gefallen getan hatte sie hinein zu Bitten. "Was sind die anderen Nebenwirkungen?", fragte Elijah nach, als sie alle am Tisch zusammen gekommen waren. "Der Baum, an dem ihr neu geboren wurdet, kann euch, als einziger euer Leben nehmen", erklärte ihre Mutter und goss allen einen Tee auf. "Außerdem sind die Kräuter, die ich genutzt habe fortan giftig für euch", berichtete sie und legte ein kleines Bündel Hirtentäschel auf den Tisch. Vorsichtig versuchte er, danach zu greifen, doch sobald seine Haut das Kraut berührte, fing sie an zu brennen und er zog sie schließlich wieder zurück. "Ist da noch mehr?", fragte er nach. "Nein, soweit ich weiß ich das alles", meinte seine Mutter ehrlich. Wirklich zufrieden war er mit der Antwort jedoch nicht. Wie immer hatte er das Gefühl, dass seine Mutter ihnen etwas verschwieg. Der Streit mit Alva war sicherlich nicht aus dem Nichts gekommen.

GYDA

Wie fast jedem Abend saß sie vor Valdis Grab. Ihre Schwester war der Grund, wieso sie nicht hatte wieder aufstehen wollen. Sie war sich sicher, dass sie ihre Schwester für einen Augenblick gesehen hatte, bevor sie wieder aufgewacht war. Die Welt war gedämpfter gewesen und matter. Valdis hatte direkt vor ihr gestanden. Sie war sich sicher, dass Valdis ihr etwas hatte sagen wollen, doch da war sie schon in ihrem flachen Grab aufgewacht. Im ersten Moment hatte sie es bereut, wieder wach zu sein, doch dann war sie sich sicher, dass sie sich die Anwesenheit ihrer Schwester nur eingebildet hatte. Vermutlich war der Wunsch, sie wieder zu sehen, so enorm groß, dass sie in dem Glauben Tod zu sein sich ihre Schwester fantasiert hatte. Und das Bedürfnis Valdis zu sehen war immer noch da. Gyda konnte ihr eigenes Haus nicht mehr betreten, seit sie ein Vampir war. So bezeichnete Alva zumindest das, was sie geworden waren. Irgendwie schien der Zauber schon eine ganze Weile Diskussionsthema innerhalb der Familie zu sein. Oder zumindest unter den Schwestern. Eigentlich sollte sie ihre Zeit damit verbringen, heraus zu finden, was es mit diesem merkwürdigen Zauber auf sich hatte, doch ihr war nicht danach. Dabei hatte ihre Verwandlung durchaus etwas Positives. Nachdem sie den Schock mit Valdis überwunden hatte, hatte sie eine ganz andere Veränderung bemerkt. Während Kol immer noch seiner verlorenen Magie hinterher trauerte, konnte sie eindeutig Magie in sich spüren. Ihr waren die Worte des Hohepriesters eingefallen. Vielleicht hatte er genau dieses Schicksal angedeutet, als er mit ihr gesprochen hatte? Doch Sinn ergab das Gesagte dennoch nicht. Sie hatte sich, um sich zu vergewissern, dass sie zaubern konnte an einem einfachen Feuerzauber gewagt und er hatte funktioniert. Gesagt hatte sie dies aber noch niemanden. Kol tat ihr Leid und sie wollten nicht, dass er sich durch ihre neugewonnene Magie noch schlechter fühlte oder gar einen Streit mit ihr anfing. Gyda war sich nämlich sicher, dass ihre nette Verwandlung schuld daran war, dass er seine Magie verloren hatte, und sie war sich auch sicher, dass man dies nicht einfach so rückgängig machen konnte. Das war allerdings ein Thema für ein anderes Mal. Gyda erhob sich und blickte Richtung Wald. Schon von Weitem konnte sie Stimmen hören. Noch ein netter Bonus, an den sie sich noch gewöhnen musste. Die Stimmen zuzuordnen dauerte ein wenig. Es waren ihre Mutter und Erik. Die Stimme ihres Vaters konnte sie allerdings nicht hören. In Vampirgeschwindigkeit rannte sie ihrer Mutter entgegen, bremste aber ab, bevor sie bei ihr angekommen war. Sie wollte ihre Mutter ja nicht gleich zu Tode erschrecken. Und das würde sie, denn normale Menschen konnten ihre Bewegungen in extremer Geschwindigkeit nicht mit bloßem Auge folgen. Die letzte Baumreihe durchschritt sie in einem normalen Tempo. "Ihr seid wieder da", meinte sie voller Freude und ausnahmsweise ließ sie sich dazu hinreißen Erik und ihre Mutter überschwänglich zu begrüßen, indem sie ihnen um den Hals fiel. Kurz kam es Gyda so vor als Würden die beiden merken, dass etwas nicht stimmte, doch der Eindruck verflog schnell wieder. "Wo ist Vater?", fragte sie nach und sah sich um. Niemand sonst war bei den beiden. Gydas Herzschlag beschleunigte sich. Die Trauer, die Valdis Tod mit sich gebracht hatte, saß ihr erneut im Nacken. "Er ist weiter gefahren, ins Frankenreich", erklärte Erik ihr jedoch ruhig. Das unangenehme Gefühl abzuschütteln dauerte etwas. "Warum seid ihr nicht mit?", fragte sie nach. Es erschien ihr untypisch, dass ihre Mutter ihren Mann alleine ziehen ließ. Und tatsächlich schien ihre Mutter nicht begeistert zu sein. "Er wollte, dass ich nach euch sehe", erklärte sie und reckte den Hals. Ihre überhebliche Art bröckelte allerdings, als Gyda nicht darauf einging und stattdessen zu Boden blickte. "Was ist passiert, während wir weg waren?", fragte ihre Mutter nun. "Valdis ist tot", rückte Gyda langsam mit der Sprache heraus. "Sie ist an einer Verletzung gestorben und Ingrid und Solveig hat eine Krankheit dahin gerafft", erzählte sie weiter, während ihre Mutter es immer eiliger hatte nach Hause zu kommen. Erst jetzt wurde ihr bewusst, wie viel passiert war, während sie weg waren. "Edda hat ein Ritual abgehalten, um uns zu schützen", versuchte sie dann zu erklären, was weiter passiert war. Doch irgendwie fand sie nicht die richtigen Worte. "Besser sie erklärt es dir selbst", kam es fast schon fragend von ihr. Ihre Erklärung schien ihrer Mutter tatsächlich zu reichen. Anstatt ihr eigenes Haus an zu streben, schritt sie direkt auf das Haus von Edda und Mikael zu. Gyda blieb einen Moment stehen und sah Erik an. "Du redest besser direkt mit deiner Mutter", meinte sie zögerlich. Er nickte nur und trennte sich von ihnen. Gyda atmete noch einmal tief durch und betrat das Haus ihrer Tante.

Kaum das sie den ersten Schritt ins Haus gemacht hatte, konnte sie ihre Mutter schon mit ihrer Schwester streiten hören. “Was hast du getan?”, fragte Saga wütend. Sie hatte die Axt von ihrem Gürtel gelöst und hielt sie Edda unter die Nase. “Ich habe den Zauber gesprochen, der schon für uns bestimmt war”, erklärte Edda. Sie klang trotzig, als wären sie Kinder, die stritten. “Wir haben abgemacht das wir diese Art von Magie niemals benutzten”, brüllte Saga weiter. “Ach aber wenn Alva das macht, ist es in Ordnung?”, versuchte Edda sich zu rechtfertigen. Die Umstehenden waren totenstill, sie regten sich nicht einmal. Ganz so als befürchteten sie, dass die Situation eskalierte, wenn sie auch nur atmeten. “Ich hatte gar keine andere Wahl, du bist ja nie da um dich um die Probleme, die wir hier haben, zu kümmern”, warf Edda nun ihrer Schwester vor. Gyda blickte zu Klaus und den anderen und sah nur ratlose Gesichter. So hatten die beiden wirklich noch nie miteinander gesprochen. Mikael war der Erste, der sich rührte, weit kam er jedoch nicht. “Wag es ja nicht, noch einen Schritt auf mich zuzumachen”, warnte Saga ihn mit erhobener Axt. “Ich gucke schon viel zu lange dabei zu, wie du meine Schwester unterdrückst. Du hättest lieber da bleiben sollen, wo du her kamst", schnauzte sie ihn an. Gyda zog überrascht eine Augenbraue nach oben. So viel Feindseligkeit kannte sie sonst nur von Alva. "Hör auf, so mit meinem Mann zu reden", kam es ein wenig unsicher von Edda. Sie stellte sich neben Mikael, schien aber selbst nicht ganz überzeugt. "Gut, dann gehe ich eben wieder. Gyda und Niklaus werde ich mit nehmen", verkündete Saga und ließ die Axt wieder sinken. Doch damit war das Thema noch lange nicht gegessen. "Wieso solltest du meinen Sohn mit nehmen?", fragte Mikael. Saga schnaubte laut. "Dein Sohn? Bist du wirklich so dumm?", fragte sie spöttisch. "Er ist Leifs Sohn. Vorher wirst du aber deine Fehler beheben", wetterte sie weiter gegen Edda. Das war der Moment, in dem alles aus dem Ruder lief. Mikael wütend über das, was Saga ihn an den Kopf geworfen hatte, machte einen Satz nach vorne. Sofort hatte Saga ihre Axt wieder erhoben, doch gerade als sie auf ihren Schwager losging warf sich Edda dazwischen. Es entstand ein Gerangel. Edda stieß sich den Kopf. Automatisch machte Gyda einen Schritt, nach vorne um sie auf zu fangen. Blut lief Eddas Schläfe entlang und schon stand die Welt für wenige Sekunden still. Wie hypnotisiert sah sie dem Blut dabei zu, wie es sich langsam seinen Weg über Eddas blasse Haut bahnte. Gyda konnte jede Nuance des Blutes riechen. Das Eisen roch schwer nach Metall und doch roch es süß. Sie konnte Eddas Herzschlag hören. Der Ton verdrängte alles um sie herum. Ohne es zu merken, waren ihre Eckzähne länger geworden und sie versenkte sie ganz automatisch in Eddas Halsschlagader. Die warme Flüssigkeit rann ihre Kehle hinunter. Sie wollte mehr. Viel viel mehr. So bekam sie nur am Rande mit, wie Klaus laut aufschrie und sich auf Saga stürzte. Wenige Sekunden später hatte auch Rebekah ihre Zähne in Edda geschlagen. So dauerte es nur einige Sekunden, bis ihr Körper vollkommen Blutleer war und Gyda ihn zu Boden sacken ließ.

NIKLAUS

Als er seine verletzte Mutter gesehen hatte, war es mit ihm durch gegangen. Nicht weil er so besorgt um sie war, sondern weil er seine einzige Chance auf Rettung schwinden sah. Sie war die Einzige, die wusste wie man diesen Versiegelungsfluch aufhob. Eigentlich hatte er Saga nur davon abhalten wollen Edda zu töten, doch er hatte seine neu gewonnene Kraft unterschätz. Seine Hand um Sagas Hals hatte so feste zugedrückt, dass Blut an seinen Fingern entlang geronnen war, und dann war es um ihn geschehen. Ob er wollte oder nicht er konnte sich nicht dagegen wehren von ihrem Blut zu trinken. Er war so gierig, es lief ihm den Mundwinkel herunter und tropfte auf den Boden. Es dauerte nicht lange bis Elijah und Kol sich zu ihm gesellt hatten. Doch das wenige Blut, über das seine Tante verfügte, reichte einfach nicht. Er wollte mehr. Sein Vater war verschwunden, wohin spielte für ihn jedoch keine Rolle. In Vampirgeschwindigkeit ging es zum Dorf. Lange dauerte es nicht, bis sie dort ankamen, denn durch den Zauber flogen die Meilen unter ihnen vorbei. Ohne

Rücksicht darauf zu nehmen wie die anderen reagierten, schlug er seine Zähne in die erstbeste Frau, die ihm über den Weg lief. Dabei spielte es auch keine Rolle für ihn, dass sie hustete und offensichtlich krank war. Ihr Blut schmeckte ein wenig bitter und doch trank er sie bis zum letzten Tropfen leer. Schreiend flüchteten die Frauen in ihre Häuser, während einige der Männer zu glauben schienen, sie hätte eine Chance gegen ihn. "Vielleicht kommt ihr ja nach Walhalla", meinte er, mit einem amüsierten Grinsen, bevor er auf sie losstürmte. Der ein oder andere traf ihn mit seiner Axt, doch Klaus konnte spüren, wie die Wunde innerhalb von Sekunden heilte. In seinem Wahn trank er nicht einmal jeden seiner Opfer leer. Manche köpfte er lediglich oder trank nur so lange, bis sie bewusstlos wurden. Bald schon war seine Kleidung mit Blut besudelt. Überall auf dem Weg langen leblose Körper, sodass seine Geschwister über sie hinüber steigen mussten. Zu stören schien es sie aber nicht, stattdessen teilten sie seinen Blutrausch mit ihm. Doch schon bald war zwischen den Häusern niemand mehr zu finden, den sie aussaugen konnten. Die meisten waren in ihre Häuser oder in die von Freunden geflüchtet.

"Stop!", brüllte Elijah plötzlich über den Platz. Sofort hielten sie inne und blickten zu ihm rüber. Auch Elijah war voller Blut, doch anscheinend hatte er sich wieder gefangen. Mit einer fließenden Handbewegung wischte er sich das Blut vom Mund und bedeutete ihnen allen zusammen zu kommen. "Wenn wir so weiter machen werden wir sie alle töten", meinte er ernst, als sie sich zusammengefunden hatten. "Na und?", fragte Kol nach und auch Klaus konnte das Problem nicht ganz erkennen. "So sind wir nicht, das ist das, was das Blut aus uns macht", sprach Elijah weiter. "Glaubst du sie würden es anders machen?", fragte Klaus spöttisch. Sein Bruder war wie immer der Spaßverderber, fast wie ihr Vater. "Wir sollten von hier fortgehen", schlug Elijah nun vor und auch wenn Klaus eigentlich widersprechen wollte, fand er die Idee äußerst gut. "Und wo sollen wir hin, auf eine einsame Insel?", fragte Klaus weiter. "Wir könnten ins Frankenreich, Leif ist mit den anderen Werwölfen dorthin gefahren", schlug Gyda vor. Anscheinend hatte niemand etwas dagegen einzuwenden. "Gut, von mir aus", stimmte Klaus zu und wischte sich ebenfalls das Blut aus dem Gesicht. "Vorher sollten wir noch einmal nach Hause und ein paar Sachen mitnehmen", wandte Rebekah ein. "Wir sollten vor allem die Esche niederbrennen, sie ist das Einzige, was uns töten kann", merkte Gyda auf dem Rückweg an. Dieses Mal huschten sie den Weg nicht in Übergeschwindigkeit zurück. Zwar konnte man so die Strecke, für die man mehrere Stunden brauchte, in wenigen Minuten zurücklegen, doch es war auch anstrengend sich auf diese Weise fortzubewegen. Die ganze Umgebung verschwamm vor den Augen und man musste sich stark konzentrieren, um nirgendwo gegen zu laufen. Außerdem war es ihnen so möglich, zu besprechen, was sie mitzunehmen hatten. Zuhause angekommen packte jeder von ihnen ein Bündel zusammen. Gyda krallte sich Eddas Buch. Da ihre Mutter tot war und nun niemanden mehr ihr Haus gehörte, konnte sie endlich wieder hinein gehen. So hatte auch sie die Möglichkeit, ein paar persönliche Dinge zusammen zu packen. Zum Schluss brannten sie die Häuser nieder. Niemand sollte je wieder in ihm wohnen. Das gleiche passierte mit der Esche. Eine Weile sahen sie noch zu, wie der große Baum Feuer fing, dann ging es zurück zum Dorf, wo sie das erstbeste Schiff nahmen. Um sich vor der Sonne zu schützen, spannten sie ein Stück Stoff über das Schiff. So wie sie es sonst taten wenn der Regen sie auf ihrer Fahrt überraschte.

FREYA

An welchem Punkt war alles so schief gelaufen? Freya konnte ihn nicht rekonstruieren. Am Anfang war sie fast neidisch auf ihre Cousins und Cousinen gewesen. Sie hatte auch Teil dieser eingeschworenen Gemeinschaft sein wollen, doch ihre Mutter hatte es strikt verboten. Mittlerweile war sie froh darüber. Zwar waren ihre Verwandten immer noch dieselben, doch ihr kam es dennoch so vor, als hätten sie sich verändert. Skeptisch beobachtete sie die neue Entwicklung, zumindest bis ihr Bruder wieder nach Hause kam. Mit einer festen Umarmung wurde er begrüßt, doch auch hier schien etwas anders zu sein. "Gut, dass du da bist, pack deine Sachen, wir brechen sofort auf", begrüßte Alva ihren Sohn. Freya war von dem kühlen Ton überrascht. Normalerweise war ihre Mutter zumindest hinter verschlossener Tür wesentlich herzlicher. "Wo wollen wir denn hin?", fragte Freya verwundert nach. "Wir werden dieses Land verlassen", war jedoch alles, was sie aus ihrer Mutter heraus bekam. Als es an der Tür klopfte, wirkte es, so als ob Alva erst nicht reagieren wollte, schließlich öffnete sie die Tür aber doch. Mikael stand davor. "Das Grauen wütet in meinem Haus. Wusstest du, dass das passieren würde?", fragte er nach. Freya und Erik wechselnden fragende Blicke. "Ich erzähl es dir später", flüsterte sie, während sie sich umwandte. Zwar schielte sie mit einem Auge zur Tür, um alles mit zu bekommen, doch gleichzeitig kam sie der Aufforderung ihrer Mutter nach. Sie packte ein kleines Bündel für sich und begann dann, die Kräuter die sie jahrelang getrocknet hatten zusammen zu räumen. "Ich habe deine Frau gewarnt", meinte Alva nur und wollte die Tür schon wieder zuschlagen, doch Mikael drückte sie ohne jegliche Mühe wieder auf. "Wir müssen etwas unternehmen", kam es streng von ihm. "Wir werden abreisen", widersprach Alva. Doch Mikael ließ sich nicht so schnell abwimmeln. Er trieb Alva immer weiter ins Haus hinein. "So, wie sie jetzt sind, können wir sie nicht aufhalten, wir müssen uns erst einmal in Sicherheit bringen", meinte Alva dennoch bestimmt. Freya war beeindruckt von der Willensstärke und der Bestimmtheit ihrer Mutter. Obwohl Mikael größer und stärker war, schien sie das nicht zu beeindrucken. Mikael schien zu merken, dass er mit Worten alleine nicht weiter kommen würde. Freya konnte beobachten, wie seine

Hand sich zur Faust ballte. Sie hielt inne, doch ihr Onkel schien es sich anders zu überlegen. "Ich begleite euch", beschloss er. Er half sogar dabei, ihre Sachen zusammen zu räumen. Alva bestand darauf so gut wie alles aus ihrem Haus mitzunehmen. Als sie aus dem Fenster blickte, konnte sie sehen wie Elijah, Klaus, Kol, Rebekah und Gyda wiederkamen und in ihren Häusern verschwanden. "Kommt, wir müssen uns beeilen", ermahnte ihre Mutter und schob sie nach draußen. So eilig sie konnten, entfernten sie sich von ihrem Hof. Freya schmerzte der Gedanke, ihr Zuhause nie wieder zu sehen, doch sie blickte nicht zurück. Erst als sie zwei Stunden später im Dorf angekommen war, fiel ihr die Rauchwolke auf die von ihrem Zuhause aus aufstieg. Doch das war bei Weitem nicht das Grauenhafteste, dass sie zu Gesicht bekam. Das Dorf war wie leer gefegt. Wo man sonst stets Menschengegröle hörte, war nun nichts als Stille. Der Boden war bedeckt von bekannten Gesichtern. Von Kranken und Toten. "Wir müssen ihnen helfen", bat sie und beugte sich zu einem Mann hinunter, der hilfesuchend eine Hand ausgestreckt hatte. "Dafür haben wir keine Zeit", zischte ihre Mutter jedoch und packte sie am Arm, um sie weiter zu ziehen. So stolperten sie über die Leichen hinweg bis zum Hafen. "Wartet!", rief auf einmal jemand hinter ihnen. Freya drehte sich um. Svenja kam auf sie zugelaufen. Sie und Freya waren fast so etwas wie Freunde, wenn Freya denn Freunde hätte. "Habt ihr meine Schwester gesehen?", fragte Svenja. Ihr standen die Tränen in den Augen. Freya war hin und her gerissen. Sie wollte die junge Frau mitnehmen, doch sie war sich sicher, dass ihre Mutter das nicht zulassen würde. "Nein, wir wissen leider nicht, wo sie ist", kam es traurig von ihr. "Kommt jetzt!", trieb Alva sie erneut an. Freya packte Svenja am Handgelenk und zog sie mit sich. "Du wirst uns begleiten", bestimmte sie. Alva verzog das Gesicht. Allerdings blieb der erwartete Widerstand aus. Freya konnte es kaum glauben, erst als das Schiff sich langsam aber sicher auf das offene Gewässer hinaus bewegte wurde ihr klar, dass sie zum ersten Mal in ihrem Leben ihren Willen durchgesetzt hatte.

ERIK

Seine Rückkehr war nicht wie erwartet. Eigentlich hatte er darüber sprechen wollen, was ihm auf seiner Reise geschehen war, doch seine Mutter hatte es unerwartet eilig. Sie wollte das Land verlassen. Ein solches Vorhaben hatte er noch nie zuvor von ihr gehört. Nachfragen wollte er aber nicht. Alva hatte es noch nie leiden können, wenn man zu viele Fragen stellte. Deswegen hatte er früh gelernt still zu sein und aufmerksam zu beobachten was seine Mutter tat und dabei herauszufinden, was vor sich ging. Dieses Mal viel es ihm allerdings sehr schwer. Ganz offensichtlich hatte Edda etwas mit ihren Kindern angestellt, das Mikael nicht gefiel. Der Blutspur zu urteilen, die sie im Dorf vorfanden, waren sie zu Monstern geworden. Erik fragte sich, ob sie dasselbe Schicksal wie er teilten, doch die Leichen die sie zurückgelassen hatten, waren nicht so zerfleddert, wie er es von einem Wolf erwartete. Und sein innerer Wolf bestätigte diese Meinung. Das hier war etwas anderes gewesen. Etwas was vielleicht noch gefährlicher war als er. Auf der Fahrt erzählte Freya ihm von Valdis tot und schließlich auch von dem Ritual, das Edda abgehalten hatte. Allerdings hielt sie sich kurz, denn ihre Mutter blickte sie bereits mit einem strengen Blick an. Offensichtlich wollte sie nicht, dass sie sich zu sehr mit dieser Art von Magie beschäftigten. Erik kannte diesen Blick bereits. Vielleicht gab es für ihn und seine Schwester ja später noch eine Gelegenheit, um darüber zu sprechen. Während der Fahrt schwiegen sie jedoch.

Die Fahrt dauerte fast eine Woche. Mittlerweile wusste Erik, wo es hingehen würde und das ganz ohne nach zu fragen. Sie fuhren in Mikaels alte Heimat, den Ort, an dem seine Mutter auf Umwegen Gleichgesinnte gefunden hatte. Oder zumindest jemanden, mit dem sie stets Kräuter tauschen und verbreiten konnte. Erik bezweifelte allerdings, dass die Nonnen sie mit offnen Armen empfangen würden, auch wenn ihr Glaube sie wohl irgendwie dazu zwang. Schon von Weitem bekam er schlechte Laune, als er den Hafen sah. Sicher die Häuser seiner Heimat waren von Weitem vermutlich auch nicht beeindruckender als diese kleine Siedlung und doch hegte er eine Abneigung gegen diesen Ort. Die Menschen hier waren unglaublich unfrei und hatten in seinen Augen keine Ahnung von der Welt. Und doch musste er sich wohl damit abfinden, dass dies hier erst einmal ihr neues Zuhause werden würde. Während Erik den Großteil ihres Gepäckes schulterte, folgte er dicht auf dicht seiner Mutter und Mikael. Freya schien dieser Ort nicht geheuer, sie drückte sich so eng an ihn, dass sie ihn fast gegen die Häusermauern drängte. Die kleine Gruppe machte sich so auf zu dem Gotteshaus, das ihnen in den nächsten Tagen tatsächlich Unterschlupf gewährte. Dafür mussten sie lediglich bei der Arbeit helfen. "Das ist keine gute Lösung", beschwerte Erik sich leise bei seiner Schwester. Doch diese traute sich nicht zuzustimmen, stattdessen presste sie die Lippen aufeinander. "Wir blieben nur eine Nacht, ich muss etwas vorbereiten", erklärte Alva streng, während sie ihn anwies, die Sachen abzustellen. "Was hast du vor?", fragte Mikael ruhig. Einen langen Augenblick sah Alva ihn einfach nur streng an. "Ich werde dafür sorgen, dass du den Fehler deiner Frau wieder gut machen kannst", erklärte sie schließlich kühl. "Heute Nacht werdet ihr schon sehen", versprach sie und verschwand zu den Nonnen.

Mitten in der Nacht wurden Freya, Svenja und er von seiner Mutter geweckt. Sie bedeutete den dreien, Still zu sein und ihr zu folgen. Unter dem einem Arm trug sie ein Bündel, in der anderen Hand hielt sie ihr Grimoire, das Buch in dem sie all ihre Zauber aufschrieb und das schon ihrer Großmutter gehört hatte. Er und Freya durften immer nur ausgewählte Zauber aus diesem Buch lernen und betrachten. Was wirklich alles darin stand konnte er also nur mutmaßen. So leise sie konnten, ging es durch das totenstille Dorf bis hinaus in den Wald. Auf einer Lichtung richtete seine Mutter alles her. Ein Baumstumpf diente als Erhöhung für ihr Buch, das auf einer Seite aufgeschlagen war, die er noch nie zuvor gesehen hatte. "Komm her, Mädchen", bat sie Svenja schließlich. Freya griff automatisch nach ihrer Freundin und hielt sie auf. "Was hast du vor Mutter?", fragte sie vorsichtig nach. Erik hatte eine ungute Vorahnung. "Ich brauche etwas von ihrem Blut", meinte Alva nur. Sie ging auf Svenja zu und entriss ihrer Tochter die junge Frau. Diesmal war es Erik, der nach Freya griff und sie zurückzog. "Mach es nicht noch schlimmer", flüsterte er ihr leise ins Ohr. Voller Furcht klammerte seine Schwester sich an ihm fest und er legte beschützend einen Arm um sie. Seine Mutter machte unbeirrt weiter. Ohne zu zögern, schnitt sie Svenja die Kehle auf. Das hinaus sprudelnde Blut fing sie in einem hölzernen Becher auf. Freya hatte einen Schrei unterdrückt. Sie hatte sich von dem Geschehen abgewandt und vergrub das Gesicht in seiner Brust. Auf Altnordisch fing seine Mutter an zu rezitieren: "Einn blóta till blóta. Blót till sinn blót." Während sie sprach, ließ sie Kräuter in den Becher rieseln. Erik konnte spüren, wie mächtig der Zauber war. Normalerweise war ein so mächtiger Zauber alleine fast nicht zu bewerkstelligen. Seine Mutter hatte ihm beigebracht, wie man sich bestimmte Naturereignisse zunutze machen konnte, um seine Macht zu verstärken. So musste es die Hexe beim Blót damals angestellt haben, doch heute war kein Mond zu sehen. Gar kein Mond wie ihm nach wenigen Augenblicken auffiel. Es war Neumond. Ein fast so mächtiges Ereignis wie ein Vollmond. "Trink das", befahl sie Mikael. Das musste dasselbe Ritual sein, dass den Rest seiner Familie verwandelt hatte. Zumindest kam es der Beschreibung, die Freya ihm gegeben hatte sehr nahe. Mikael trank das Blut und Alva erstach ihn mit derselben Waffe, mit der sie auch Svenja getötet hatte. Freya fing sich langsam wieder und löste sich von ihm. "Ihr müsst ihn begraben", wies ihre Mutter sie an. Erik hatte so viele Fragen, doch er kam erst einmal der Aufforderung nach.

DU

“Das wars?”, fragst du, während du dich im Haus umschaust. Deine Freunde haben es nicht mehr rechtzeitig heraus geschafft. Ihre Leichen liegen auf dem Boden verstreut. Die Urvampire, wie sie sich selbst nennen haben jeden von ihnen bis auf den letzten Tropfen Blut ausgesaugt und dann liegen gelassen wie eine leere Chipstüte. Eigentlich solltest du schockiert sein, doch der Anblick ist nicht so abstoßend und furchteinflößend wie du erwartet hast. Irgendwie hast du dir die Leichen entstellter vorgestellt. Alles in allem sollte die Szenerie wohl blutiger wirken. Stattdessen sieht es fast so aus als hätten sie zu stark gefeiert und wären in einen komatösen Schlaf gesackt. “Ich kann dir gerne noch den Rest der Geschichte erzählen, aber ich fürchte, sie wird nicht deinen Vorstellungen entsprechen”, meint Gyda und blickt dir über die Schulter. “Das waren wohl keine guten Freunde von dir?”, fragt sie nach. “Nein, ich kannte sie kaum”, stellst du fest. Ihr Tod berührt dich nicht wirklich und du fragst dich wieso. “Ich fühle nichts”, stellst du traurig fest. So ein Mensch wolltest du nicht sein. Gyda tritt wieder in dein Sichtfeld. "Ich hab dich manipuliert", erklärt sie. "Du hast es vergessen, du bist ein wenig durchgedreht, als wir ins Wohnzimmer gekommen sind. Ich war allerdings noch nicht fertig. Weißt du, ich hasse es einfach nur da zu sitzen und zu warten. Es war also echt nett dass du mir die Zeit vertrieben hast. Ich hätte die Geschichte natürlich auch meinen Geschwister erzählen können, aber die hören sie nicht mehr so gerne", erklärt sie dir ruhig. Fassungslos siehst du sie an. "Nur deswegen bin ich noch hier?", fragst du ungläubig nach. Das konnte doch nicht wahr sein. "Ist es dir lieber, wenn du schon tot wärst?", fragt sie nach. Du antwortest jedoch nicht. Die Chancen sind gering, doch solange du noch atmest, gab es noch die Hoffnung zu überleben und die willst du dir sicherlich nicht kaputtmachen. "Also, wie geht eure Geschichte weiter? Wer ist der Mann, der unten neben dir lag?", fragst du emotionslos nach. "Nett, dass du fragst", fängt Gyda an und lässt sich auf das Sofa vor dir fallen. "Setzt dich doch", bat sie. Dieses Mal braucht sie dich nicht manipulieren. Ganz freiwillig lässt du dich auf das weiche Sitzpolster fallen.

Stammbaum

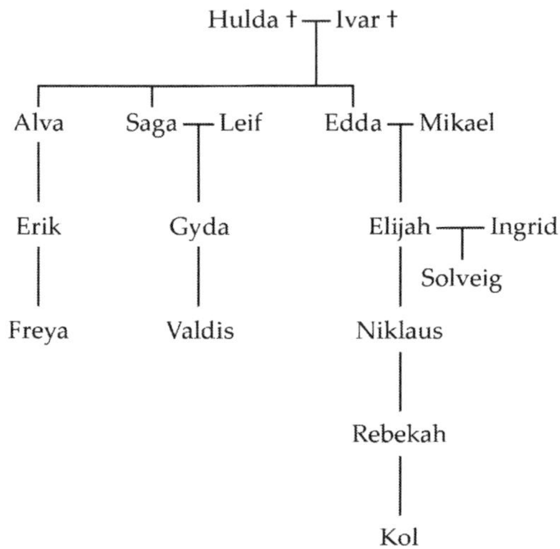
Hulda †
Ivar †
Alva
Saga
Leif
Edda
Mikael
Erik
Gyda
Elijah
Ingrid
Solveig
Freya
Valdis
Niklaus
Rebekah
Kol

Printed in Germany
by Amazon Distribution
GmbH, Leipzig

25885614R00150